한글

열린책들 하다 앤솔러지 4

듣다

김엄지

김혜진

백온유

서이제

최제훈

차례

사송	김엄지	7
하루치의 말	김혜진	35
나의 살던 고향은	백온유	65
폭음이 들려오면	서이제	125
전래되지 않은 동화	최제훈	165

사송
김엄지

1

자괴감이라는 게 늘 있는 건 아니었지만 어떤 날은 나의 거의 모든 것이었다.

L에게, 하고 싶은 말일수록 하지 않았다.

혓바닥이 네모나다.

혓바닥이 모자라다.

그런 이유는 아니었다.

L은 어땠을까.

나를 만나는 7년 동안 나에게 하고 싶은 말, 해서는 안 될 말 다 한 것 같은데.

그럼에도 그녀는 자주 억울한 표정을 지었다.

사송으로 와. L의 메시지는 짧았다.

나는 답하지 않았다.

내가 L에게 답장을 할 타이밍은 이미 지난 것 같았는데, 오늘 오후부터 몹시 그녀에게 답장을 보내고 싶어졌다. 뒤집히는 생각과 마음은 나조차도 종잡을 수 없는 것이었다. 거듭되는 번복. L과 나를 7년 동안 잇고 있던 것은 그게 다였는지도 모르겠다.

나는 사송으로 가는 경로를 검색했다.

지하철과 철도로 1시간 30분을 가야 했다.

사송에서 들을 수 있는 가장 아름다운 소리란 바람 소리가 아닐까. 사송의 공간감에 영향을 미치는 요인들로는 탁 트인 시야, 들풀의 쓰고 단 향, 끊임없이 불어오는 약한 바람이 있다. 거기에 서 있을 때의 기분과 상황까지, 무언가 들린다, 혹은 들은 것 같다, 라는 진술에 영향을 미칠 수 있다. 각자 들을 수 있는 만큼 듣는 것이기도 하다. 그러므로 사송까지 가서 아무 소리도 듣지 못하고 언덕을 내려왔다는 사람들의 이야기는 거짓이 아니다. 동시에, 사송에서 살면서 들어 본 소리 중

가장 아름다운 소리를 들었다는 이야기 또한 진실인 것이다.

블로그 글 밑에 사슴의 들판과 언덕, 호수의 이미지가 연이어져 있었다.

2

L과 마지막 만남은 한 달 전이었다.

한 달 전 L은 자신의 휴가 계획을 말했다.

섬으로 떠날 것이라 했다. 2주 동안 섬에 머무를 것이라고.

트레킹 코스 걷기, 수영과 낮잠, 태닝, 불꽃놀이.

L은 섬에서 할 일들을 죽 말했다.

그게 다니?

내가 물었을 때, L은 앞에 말한 것들을 다시 나열했다.

거긴 정말 작은 섬이고 딱히 더 할 일도 없는 곳이라고.

딱히 할 일도 없는 그 작은 섬에서 왜 2주씩이나.

2주일 동안 섬으로 떠난다는 L의 짐은 작은 배낭 하나였다.

얇은 옷들이기 때문에 부피가 크지 않다고 했다.

그런 설명은 하나 마나 한 것이었다.

사슴 김엄지　　　11

L은 나에게 몇 번인가 섬에서의 사진을 전송했다.

어떤 사진은 스치듯 봤고, 어떤 사진은 확대해서 보았다.

누가 찍어 줬을까.

그건 만나서 묻는 게 나을 것 같았다.

묻는다면, L은 어떤 표정을 지을까.

L의 표정들을 상상해 보고.

처음 보는 표정이면 좋겠다는 생각을 했다.

3

보다. 보았다.

see saw

시소가 영어라니.

그네는 왜 그네일까.

언젠가 L과 나는 놀이터에서 반나절을 보내기도 했다.

왜 우리는 헤어지지 못할까.

같은 고민을 함께하기도 했었다.

우리 이미 헤어진 거 아니었어?

농담처럼 한 말이었지만 둘 다 웃지 않았다.

나는 더 간단하고 싶었고, L은 무엇이든 깊이 파려고 했다.

언젠가부터 우리는 서로 반대가 되어 나는 더 깊이 파려는

쪽으로, L은 더 간단해지고자 했다.

시소랑 널뛰기는 뭐가 다른 거야? L이 물었을 때.
시소는 앉아서. 널은 서서. 나는 그렇게 대답했다.
아니. 똑같다. 나는 다시 고쳐 대답했다.

같고 다른 게 모호하게 느껴질 때 즈음 L과 나는 만나는 횟
수가 줄어들었다. 연락은 서로의 기분을 체크할 때만 필요해
졌다.

4

카페의 층고는 높고, 대리석 바닥에서 빛이 났다.
카페 유리창 밖으로 미끈한 호수의 수면이 눈높이에서 보
였다.
사송의 호수는 멈춘 것처럼 잔잔했다.

여기 좋다. 내가 말하고.
나도 여기 처음 와봐. L이 말했다.

L은 몹시 그을리고 번들거렸다.

섬에서 잘 놀다 왔는지 탄탄하게 야윈 모습이었다.

팔과 목은 더 길어진 것 같았다.

목덜미에 처음 보는 목걸이가 걸려 있었다.

은색 줄에 투명한 큐빅이 매달린 것이었다.

목걸이 샀니? 나는 L에게 물었다.

있던 거야. L이 대답했다.

L이 주문한 따듯한 페퍼민트 차에서 은은한 치약 냄새가 났다.

맛있어? 묻자.

마셔 볼래? 내 쪽으로 잔을 밀었다.

왜 그렇게 연락을 안 했어? L이 물었다.

연락하고 싶지 않아서 연락하지 않았어. 그렇게 대답해서는 안 될 것 같았다. 어떤 날은 연락하고 싶었지만, 그럴수록 더 연락해서는 안 될 것 같은 기분이기도 했다. 그건 뭐라 설명하기가 어려웠다.

섬에서 뭐가 제일 좋았니? 이번엔 내가 물었고.

다 좋았지. L은 대답했다.

섬에서 사진은 누가 찍어 줬니? 나는 또 물었다.

친구가 찍어 줬다는 답이 돌아왔다.

L의 대답은 친구, 그게 다였다.

비밀 친구니? L에게 한 번 더 묻고 싶었다.

입안에서 혀가 단단해졌다.

나는 내가 주문한 아이스커피를 마시고 잔 안의 얼음을 입안에 털어 넣었다.

얼음을 씹으면서, L을 봤다.

L의 눈은 투명하고. 거짓말을 하는 얼굴은 아닌 것 같았다.

그러나 그건 모를 일이었다.

어려운 일, 모를 일이 L과 나 사이에 늘어 가고.

그만 만나야 한다.

그만 만나야 한다는 생각은 L도 마찬가지일 것이었다.

L과 나는 서로의 생각을 잘 알고 있었다.

생각을, 미래를, 자기의 것보다 더 예측할 수 있었다.

네가 뭘 아느냐, 소리치고.

그러나 종국에는 저주처럼 상대가 말한 그대로 실현됐다.

거위가 사네. 나는 창밖으로 시선을 옮겼다.

저거 거위 아니야. L이 말했다.

거위야.

아니라니까.

거위가 유일한 화두인 것처럼 몇 마디 주고받다가 둘 다 입을 다물었다.

카페 홀에 느린 피아노가 흘렀다.

주변에 테이블은 거의 비어 있었다.

오후 4시가 되자 해가 약간 기울어 햇빛이 들이쳤다.

눈이 부시고, L과 나는 각자의 생각 속으로 빠져들었다.

우리 바로 옆 테이블에 노인 둘이 새롭게 자리하고.

노인 둘은 가을, 가을, 가을에 대해서만 이야기했다.

가을을 맞을 준비, 마음, 가을에 입을 옷, 가을에 마셔야 하는 술, 가을 전어, 가을 꽃게, 가을 무, 강가와 매운탕, 가을에

만나야 하는 사람 같은 것들을 말했다.

가을에는 좋은 게 더 좋아지고, 더 맛있어진다는 이야기.

그럴 수도 있는 건가. 단지 가을이 됐다는 이유로.

옆 테이블의 노인 둘은 세상에 감사할 일들을 늘어놓다가 한순간 원망을 쏟아 냈다.

5

걸을수록 흙냄새가 진해졌다.

흙바닥에 나뭇잎 그림자가 무늬처럼 어른거렸다.

언젠가 L은 저런 걸 보면 그냥 지나치지 않고 멈춰 서서 오래 바라보거나 사진을 찍기도 했었다.

L은 온갖 아름다운 것들, 차갑고 투명한 것, 손끝이나 혀에 닿는 잠깐의 느낌, 부드럽게 사라지는 것, 반짝이며 흩어지는 것, 선명한 잔상, 희미한 잔향, 환영 같은 것들을 나에게 말하고는 했다. 나는 잘 이해할 수 없었고, 다행히 L은 이해를 바라는 것 같지는 않았다.

곧 일몰이기 때문에 사송의 언덕을 오르는 사람들이 꽤 있

었다.

L과 나는 언덕의 입구 매점에서 물 한 병과 맥주 두 캔, 감자칩을 샀다.

언덕의 시작 지점에 사송이라는 지명의 유래, 정상까지 오르는 경로 안내문이 세워져 있었고, 우리는 그 앞에 잠깐 섰다.

L은 안내문에서 현 위치의 빨간 점을 짚었다.

L은 B 코스의 곡선을 죽 훑었다.

여기서부터 여기까지 올라가면 아름다운 소리를 들을 수 있대. 오빠는 듣고 싶은 아름다운 소리 있어? L이 내게 물었다.

도무지 없었다.

넌? 듣고 싶은 소리가 있어? 내가 물었을 때.

L은 별다른 대답 없이 언덕을 향해 다시 걷기 시작했다.

언덕으로 향하는 본격적인 오르막이 시작되자 사람들은 그 하나의 길로 몰려들었다.

계단과 비탈이 반복되고, 얼마 지나지 않아 숨이 찼다.

오를수록 길은 좁아지고 커다란 바위가 나타나기도 했다.

왼손에 들린 검은 봉투가 거추장스러웠다.

검은 봉투에는 맥주 두 캔과 물, 감자칩이 들어 있을 뿐이었는데 왼쪽 어깨를 잡아끄는 것 같았다.

정상을 가리키는 팻말에 남은 거리 200미터라고 적혀 있었다.

나는 잠깐 멈춰 L의 손목을 잡았다.

좀 쉬자는 뜻이었다.

뒤에 오는 사람들을 먼저 오르게 했다.

나는 L에게 물병을 건네고, L은 위를 올려다봤다.

나는 그녀를 따라 고개를 들었다.

하늘이 가득히 보였다.

곧 오르막이 끝나는 것이었다.

힘내자. 나는 그렇게 말한 다음 혼자 잠깐 웃었다.

그런 말밖에 나오지 않는다는 게 웃겼던 것이다.

운동 좀 해. L이 말하고. 그녀는 다시 언덕을 올랐다.

L의 등과 팔, 허벅지를 보면서.

나는 흙바닥을 꾹꾹 밟았다.

남은 200미터는 지금껏 오른 것보다 더 가팔랐다.

뚝 떨어지는 절벽과 한 줄의 밧줄이 나타나고.

L은 밧줄도 붙잡지 않은 채 깎아지른 듯한 비탈을 능숙하

게 올랐다.

나는 흰 밧줄을 꽉 쥐고 한 걸음씩 뗐다.

그리고 한순간 언덕은 끝이 났다.

해발 400미터라는 비석이 등장하자 사람들은 감탄 같은 숨을 내뱉었다.

비석과 정자, 정자 아래 벤치가 한눈에 들어왔다.

언제 저기까지 갔는지.

L은 나보다 스무 발자국 정도 떨어진 곳으로 가서 있었다.

내려다보이는 풍경은 멀리 몇 개의 회색 도로, 낮은 건물 몇 채와 논과 밭이었다.

아름다운 소리, 바람 소리로 추측되는, 공간감과 함께, 그런 소리는 들려오지 않았다.

들려오는 것은 사람들의 상기된, 웅성거리는 말소리뿐이었다.

나는 스무 발자국쯤 걸어 L의 옆으로 다가갔다.

L은 무언가를 바라보는 듯 바라보지 않는 듯 약간 인상을 쓰고 있었다. 심취한 것 같았다. 심취한 듯한 연기를 하는 중인지도 몰랐다.

뭘 보고 있어? 내가 L에게 묻자.

아무것도 안 봐. L이 대답했다.

뭐가 들려? 내가 다시 묻자.

바람 소리. L이 말했다.

바람 소리는 나에게도 들렸다.

멀리 아득하게 고속 도로를 지나는 차들의 소리도 들렸다.

특별하지 않았다.

아름답게 들리니? 나는 L에게 묻고, 대답은 없었다.

섬에서 사진, 친구 누가 찍어 준 거니?

그걸 꼭 물어보려던 건 아니었는데, 충동적인 것이었다.

L은 대답하지 않았다.

나는 다시 L에게서 등을 돌리고 언덕의 테두리를 걸었다.

걷다가 평평한 돌을 찾아 앉았다.

내내 들고 있던 검은 봉투를 바닥으로 내려놓고, 안에 있는 캔맥주를 꺼냈다. L과 함께 마실 생각이었지만, 이제는 생각이 달라졌다.

나는 맥주를 마시러 사송의 언덕에 온 사람처럼 급하게 캔

맥주를 따고 들이켰다.

해는 곧 질 것 같았다. 하늘의 색이 시시각각 변했다.

짙은 분홍과 주황. 그리고 모르는 색.

L은 서 있던 자리에 계속 서 있었다.

왜 저러는 건지.

바람 소리를 왜 저렇게까지 오래 듣는 건지.

나는 그만 돌아가고 싶었다.

맥주 한 캔을 마셨을 뿐인데 온몸에 피가 빠르게 돌았다.

언덕을 오를 때 땀을 흘렸기 때문일까.

카페에서 햇볕을 너무 오래 쬐었기 때문일 수도 있다.

그런 생각을 하는 동안 해가 졌다.

언덕에서 사람들은 작은 목소리로 대화했다.

방해하지 않겠다는 듯이.

나는 사람들을 구경하다가 L의 옆모습이나 뒷모습을 봤다.

하늘에서 완전히 해가 사라지자 L은 내 쪽으로 걸어왔다.

내가 앉은 돌에, 내 바로 옆에 L은 앉았다.

코코넛오일 향수. 언제나 L에게서 나는 냄새였다.

L과 내가 오늘 만난 중에 가장 가까이 있는 것이었다.

나는 L의 손을 잡고 싶었다.

나 이사 가. L이 말했다.

나는 고개 돌려 L을 봤다.

L의 콧잔등, 속눈썹, 귓바퀴.

바람이 L의 잔머리를 날렸다.

내가 본 것은 어두운 L의 옆모습이었는데, 그녀의 먼 미래를 본 것 같은 기분이었다.

어디로? 나는 묻고

L은 대답하지 않았다.

L과 나의 대화는 그런 식으로, 띄엄띄엄, 무응답이자 계속되는 질문으로, 사위가 완전히 어두워질 때까지 이어졌다.

난 오빠한테 결여된 게 뭔지 알아. 그럴 수 있다고 생각해.

오빠는 순서가 없어.

나는 좀 어려웠어.

오빠는 오빠를 너무 몰라.

언젠가부터 L의 말은 독백이 되었다.

춥지 않아? 내가 물었을 때.
추워. L은 대답 같은 대답을 했다.

언제부터였는지 언덕에 남은 사람은 L과 나뿐이었다.

오빠가 준 선인장 죽었어. L의 목소리가 떨리고.
L에게 내가 선인장을 주었던가.
나는 그녀에게 선인장을 준 기억이 없었지만.
괜찮아. 괜찮다고 말했다.
미안해. L은 진심으로 미안한 것 같았다.

가을이라. 환절기라 죽었을 거야. 나는 말했다.

그래. 이제 가을이야.
가을이지.

우리 너무 얇게 입었다.

해가 이렇게 빨리 질 줄이야.

L과 나는 몇 마디 더 나누고 언덕에서 내려왔다.

언덕의 비탈은 어둡고 순식간에 끝이 났다.

빠른 걸음으로 비탈을 내려올 때.

나뭇가지가, 나뭇잎이 바람에 스치고.

차갑고 딱딱한 흙바닥을 딛을 때마다 가슴안의 어딘가, 그 언저리에서 뭔가 부딪히고 깨지는 것 같았다. 맥주가 얹힌 건지도 몰랐다.

L은 나보다 더 빠르게, 등을 보이며 언덕에서 벗어나고 있었다.

언덕을 다 내려오자 어두움 속에서 사송의 안내판, 그 윤곽만이 보였다.

L과 나는 언덕 입구에 서서.

우리 이렇게 멀리 나온 건 정말 오랜만이다.

그래. 정말 오랜만이야.

사송 김엄지

이야기를 했고, 낮에 만난 L과는 또 다른 L과 대화를 하는 것 같았다.

L의 눈두덩은 낮보다 더 깊어 보였다.

L의 팔은 낮보다 더 길어진 걸까.

주황색 가로등에 비친 그녀의 그림자가 비현실적이었다.

우리 언제 또 만날까.

만날 수 있을까.

그런 대화는 나누지 않았다.

머리 잘 말리고 자. 나는 L에게 말했다.

오빠는 날 새우지 마. L이 나에게 말했다.

나는 사송으로 왔을 때와 같은 방법으로 철도를 타고 돌아가기로 했다.

L은 철도선이 출발하는 그 시간까지 기다리고 싶지 않다고 했다.

L은 우리가 서 있는 사송의 언덕 바로 밑으로 택시를 불렀다.

택시를 기다리는 동안 바람이 더 차가워졌다.

택시가 도착할 때까지 우리는 각자 선 자리에서 팔짱을 떼고 천천히 제자리걸음을 했다. 각자 서 있는 자리에서 제자리걸음을 했을 뿐인데, L과 나 사이에 거리가 조금씩 멀어졌다.

L이 탄 택시가 길 끝으로 사라지고 나는 주위를 둘러봤다.
몇몇 구조물의 그림자가 지나치게 왜곡되고 비대했다.
불 꺼진 매점은 흉흉해 보이기도 했다.
사람은 나뿐이었다.
나는 역까지 걸어야 했다.
단 하나의 인도, 이 길을 죽 따라 걷다 보면 호수가 나타나고, 그 둘레를 반 바퀴 걸으면 역이 나타날 것이었다.
가로등은 드물었다.

오빠는 좀 더 부지런해져야 해. L은 택시에 올라타기 직전에 말했다.
나는 그 말의 뜻을 알 것도 같았고, 전혀 알 수 없기도 했다.
무슨 뜻이냐고 묻지 않았던 이유는 오늘은 충분히 피곤하기 때문이었다.
그사이 밤이 깊어졌는지, 가을이 깊어진 것인지, 한기가 심하게 느껴졌다.

사송 김엄지

호숫가까지 걷자 거위 그림자가 나타났다.

대가리를 흔들고, 가끔 날갯죽지를 퍼덕거리는 것 같은데.

바람에 흔들리는 검은 봉투인지도 몰랐다.

호수 둘레를 더 걸으니 영업을 종료한 카페가 보였다.

카페 통유리에 가까이 다가가 나를 확인했다.

확연한 비대칭.

처진 왼쪽 어깨, 약간 솟은 오른쪽 어깨를 봤다.

이목구비는 어떠한가.

각진 턱과 광대가 괴팍했다.

나는 더 천천히 걷기로 했다.

내가 타야 할 열차는 1시간 뒤에 출발하기 때문에.

그러나 이미 내가 걸어야 할 호수는 끝이 났고.

거리에 가로등이 하나, 둘 늘어나고 8차선 도로가 나타났다.

사송역의 일부가 시야에 들어왔다.

육교에서부터 역사 안의 플랫폼까지 걸음 수를 셌다.

어떤 기대는 욕심에 가깝다. 사람들이 사송에서 느끼는 실망감은 대개 자기 자신에 대한 것이다. 자기의 기대를 정확히 알지 못하는 사람일수록 실망감이 클 수 있다. 허황된 것. 비

현실적인 자기 인지. 비대한 자기애. 불필요한 자기 해석. 무언가 기대하고 어떤 공간에 간다는 것, 그 의미는 공간에 있는 게 아니라 자신 안에 있는 것이다. 더 나은 미래는 더욱 빠른 자기 인식에 있다. 실망이 깊은 자일수록 자기 연민에 깊이 빠지며 우리는 그런 자들을 주의할 필요가 있다. 그들은 우매한 인간상의 한 류로서······.

블로그의 글은 길게 이어졌다.
그 길고 긴 글을 다 읽는 동안 노곤하고.
부지런해져야 한다는 L의 말이 반복적으로 떠올랐다.
나는 핸드폰 전원을 꺼버렸다.

열차는 지상을 달렸다.
열차 창밖 풍경은 어두운 물에 휩쓸리듯 지나갔다.
50분을 더 달려야 지하철로 갈아탈 수 있었다.

6

　신중한 사람이 되어야겠다는 다짐과 노력은 나를 더 이상한 결과로 데려다 놓았다.
　신중한 사람이란 어떤 걸까.

L이 나에게 요구한 미덕에는 신중함, 규칙적인, 융통성, 긍정적인, 그런 것들이 있었다. 부지런함은 그중 하나였다.

입장 바꿔서, 이런 말도 내게 자주 하고는 했는데.

그럴 수 있나.

입장이라는 게 바뀌서, 생각을, 상상을 할 수가 있는 걸까.

바꿀 입장이 없다.

그래서 너는, 이사를 갔을까?

붙잡고 기어 올라가야 할 바닥이 없는 것처럼 자괴감이 거의 매일 이어졌다.

가을비가 너무 자주 내렸다.

그리고 어제는 우산을 잃어버렸다.

무언가 잃어버릴 때마다 내가 일부러 버린 건지도 모르겠다는 생각을 했다.

L에게 다시 온 연락은 없었다.

L에게 연락하고 싶기도 했지만 그럴수록 연락하면 안 될 것 같은 기분이었다.

L은 이제 나의 여자 친구라기보다 만나지 않는, 연락 없는 먼 친척처럼 느껴졌다.

겨울이 되면 아마 다시 만나지 않을까.

이상한 예감이 있을 뿐이었다.

7

좀 더 부지런해지기 위해서 일요일에는 도서관에 갔다.
제2문헌실에서 두세 권의 책을 대여하고. 옥상으로 갔다.
3면이 통유리인 옥상 휴게 공간에서 오후 시간을 보냈다.
한낮의 휴게 공간은 유리온실, 하나의 발광체였다.

휴게 공간의 유리 밖에 아지랑이가 이는 게 보였다.
추운 날인데 이글거릴 정도의 열기는 어디에서부터일지.
투명한 왜곡이 아름답게 보였다.

　그런 건 다 미신이야.

휴게 공간의 어느 테이블에서 누군가 말했다.
8개의 테이블에 둘, 셋씩 앉아 있었다.
나는 미신이라는 말이 들렸던 쪽으로 고개 돌렸다.
8개의 테이블에서 동시에 들려오는 말들을 들었다.

　무슨 비가 저렇게 예쁘게 내려. 여우비네.

　저거 비 아니야. 건물 청소하는 거야.

사송　김엄지

침대 기둥에 씹던 껌을 붙여 놨더라고. 고무처럼 질겨진 껌을.

내가 눈이 좀 나쁘잖아. 못 기다려.

갈려면 지금 가.

네가 아니라면 아니겠지.

아까는 천만 원이라더니.

툭툭 건드리지 좀 마.

뭘 먹어도 얹혀.

무슨 뜻인 줄 알아?

휴게실에 히터 가동되는 소리가 공간을 웅웅 울렸다.
이렇게 큰 도서관에 쉴 곳은 이 휴게 공간뿐이라는 것처럼.
여기에서 쉴 수 있는 최대한으로, 최선을 다해서. 조금의 스

트레스도 남기지 않을 것처럼 사람들은 열성적으로 떠들었다. 그리고 어떤 기억은 나와 아무 상관없는 소음 속에서 불쑥 솟았다.

L에게 선물한 선인장.

피시본. 귀여운 사랑. 용기. 끈기.

죽이지 말고 오래 키워.

L에게 했던 말. 내 목소리가 떠올랐다.

나는 앉아 있던 자리에서 일어나 휴게 공간의 유리문을 열고 밖으로 나왔다.

내 뒤로 유리문이 닫히자 다른 세상인 것처럼 고요했다.

맑고 차가운 날씨였다.

인조 잔디를 밟으면서 옥상을 걸었다.

옥상 난간으로 가 아래를 내려다보았다.

도서관 외벽 청소를 위해 살수차 두 대가 건물에 바짝 붙어 주차되어 있었다.

L에게 해야 할 말들이 떠오르고, 분무되는 물살에 내려다보이는 풍경이 흩어졌다.

사송 김엄지   33

은혜진이 단
관혜교

어느 금요일 저녁, 영화관 화장실에서 차례를 기다리고 있을 때, 그녀는 그 전화를 받았다.

애실이냐? 밖이야?

어머니였다. 그녀는 목소리를 낮추고 나중에 통화하자고 말했지만 어머니가 같은 말을 반복했으므로 결국 화장실 밖으로 나왔다. 그리고 한참 만에 어머니가 울고 있음을 알아차렸다.

엄마, 왜 그래? 무슨 일 있어요?

그녀가 물었고, 어머니가 말했다.

좀 와주면 좋겠다. 하루 만이라도. 그럴 수 있니?

절박한 목소리가, 애원에 가까운 말투가 그녀의 마음을 흔들었다. 그녀는 그대로 영화관을 나왔다. 동행이 있는 것도

아니었으니까. 한 달에 두어 번. 금요일 저녁에 영화를 관람하는 건 그녀의 루틴이었다. 그녀가 영위하는 삶의 수준에서 과하지도 모자라지도 않게 유지할 수 있는 취미 생활. 물론 그것이 이젠 거의 습관처럼 되어 버린 외로움을 적당히 포장하는 한 방식임을 그녀도 모르지 않았다.

애실은 곧장 집으로 가서 간단히 짐을 챙긴 뒤 고향으로 갔다. 어머니는 왼쪽 발에 깁스를 한 채 그녀를 맞았다. 며칠 전, 골목에서 갑자기 튀어나오는 자전거를 피하다 발목이 부러졌다는 거였다.

별거 아니다. 수술할 정도는 아니래. 다행이지 뭐냐. 걱정하지 마라. 그럴 거 없어.

어머니는 그렇게 말했지만 깁스를 한 자신의 발을 내려다볼 때마다 심란한 표정을 감추지 못했다. 자책인지, 서글픔인지, 자기 연민인지 모를 그 표정이 묘하게 마음에 걸렸다. 그래서 그녀는 주말마다 어머니를 만나러 갔고, 징검다리 연휴에 연차를 내고 사나흘씩 고향집에 머물렀다. 그러다 이곳에서 몇 달 지내도 좋겠다는 생각에 이르렀다. 어머니의 설득 때문은 아니었다. 언젠가부터 어머니에게 미지의 영역이 되어 버린 그녀의 일상엔 지켜야 할 것이 별로 없었다. 그러니까 고향으로 돌아와도 좋겠다는 생각이 들었을 때 그녀가 깨

달은 건 바로 그것이었다. 그럼에도 두 달 후, 자신이 어머니의 이불 가게를 도맡게 될 거라곤 예상하지 못했다.

그녀의 어머니가 20년 넘게 꾸려 온 이불 가게(레몬색 간판에 따수미 침구라는 다섯 글자가 흘림체로 적혀 있었다)는 어머니의 생계를 책임졌고, 때때로 그녀에게 기대하지 않은 도움을 줄 때도 있었지만 그녀는 그 가게에 별다른 애정이 없었다. 아니, 애정을 운운할 정도로 관심을 가진 적이 없었다. 솔직히 그녀는 이불과 베개 같은 침구를 판매해서 돈을 번다는 게, 그걸로 생활을 이어 간다는 게 늘 신기했다.

처음 한동안 어머니는 그녀와 함께 출근하고 퇴근하면서 그녀가 꼭 알아야 하는 사항들을 하나씩 짚어 주었다. 계절과 소재, 가격에 따라 분류해 둔 제품의 이름과 특성. 매달 기입해야 하는 정산 항목. 정수기와 공기 청정기 같은 가게 비품을 관리하는 방법에 이르기까지. 그러나 어머니에게 외출은 점점 힘들어지는 듯 보였고 그녀가 가게를 맡은 지 한 달이 될 무렵 모든 것을 그녀에게 일임했다. 동네 정신 건강 의원에서 공황 장애와 우울증을 진단받은 직후였다.

약 챙겨 드시고 잘 쉬면 나을 거예요. 마음 편히 가지세요. 무슨 일 있으면 바로 전화하시고요.

출근 전, 어머니에게 그런 말을 건네며 그녀는 어머니의 얼

굴을 가만히 살폈다. 뭐랄까. 어머니의 얼굴엔 전에 없던 뭔가가 있었다. 수상한 것, 불길한 것, 조마조마한 것. 발목이 골절되면서 시작된 구체적인 몸의 통증이 어머니 내면 깊은 곳의 뭔가를 깨우고 불러낸 것 같았다.

그런 생각을 하면 겁이 났다.

그래서 이불 가게까지 걸어가는 20분 동안 그녀는 더 먼 곳을 보려고 애썼다. 보도블록 너머, 깜빡이는 신호등 너머, 담벼락 너머, 지붕과 옥상 너머. 그런 식으로 걱정을, 불안을 떨쳐 내는 거였다. 그러나 뜻대로 되지 않을 때가 많았고, 그러면 일부러 가파른 골목길을 숨이 찰 때까지 걷다가 가게로 갔다.

그녀는 사는 동안 그래 왔듯 큰 기대 없이, 욕심 없이 가게를 지켰다. 성실하지 않다는 의미는 아니었다. 그녀는 9시가 되기 전에 가게 문을 열었고, 외부 매대에 진열할 상품을 신중하게 골랐다. 가게 창에 붙은 홍보 포스터의 위치를 점검하고 유리 출입문을 닦았다. 어머니가 여기저기 쌓아 둔 물건들의 알맞은 자리를 찾아 준 것도 그녀였다.

이따금 그녀는 가게 밖으로 나왔다가 가게 안으로 들어섰다. 그런 식으로 가게의 첫인상을 점검하는 거였다. 10평 남짓한 가게는 어머니의 감독 아래 있을 때와 비슷한 것 같았

고, 새 주인이 된 그녀의 분위기를 닮아 가는 것 같기도 했다.

어느 수요일 오후, 그녀는 출입문 앞에 선 채 밖을 내다보고 있었다.

비가 오려는지 날이 흐렸다. 가게 안에 두 사람의 말소리가 나지막하게 오가고 있었지만 그녀는 그들의 이야기를 듣고 있지 않았다. 메밀 베개 하나를 사 간 뒤 퍽 친근하게 구는 벽돌집 여자 노인의 이야기는 새로울 게 없었고, 몸이 불편한 일곱 살짜리 딸을 휠체어에 태우고 거의 매일 가게를 찾아오는 정미의 이야기도 마찬가지였다.

정신없이 떠들었더니 허기지네. 나가서 요깃거리 좀 사 올까, 언니?

문득 정미가 그렇게 물었고, 그때 누군가 가게 쪽으로 다가오는 게 보였다.

어서 오세요.

그녀가 문을 활짝 열어 주었고, 가게 안으로 들어선 그 사람이 멈칫거리는 게 느껴졌다. 그녀는 계산대 근처에 모여 앉은 세 사람을 잠깐 돌아보았다. 그들이 그만 일어나 주길 원해서였다.

찾으시는 게 있으세요?

손님에게 경쾌하게 말을 걸며 그녀는 세 사람을 한 번 더

보았다. 그러나 그들은 일어날 마음이 없어 보였다. 벽돌집 노인은 이불이든 사람이든 껍데기가 아니라 속을 보고 골라야 한다는 훈수를 시작한 참이었고, 정미는 비스듬하게 고개가 꺾인 딸의 얼굴을 매만지며 무슨 말인가를 건네는 중이었다. 이전에 그랬던 것처럼. 손님을 자신들의 푸념 섞인 대화에 끌어들이고, 마침내 새 침구를 사고 말고 하는 일이 삶에서 무슨 대수인가 하는 표정으로 손님이 가게를 스스로 나가게 만들 작정인 것 같았다. 그건 억측일지 몰랐지만 다시금 초조함이 올라왔다.

알레르기 케어 이불을 보고 싶은데요.

그 손님, 흰 셔츠와 청바지 차림의 단발머리 여자가 이불 진열대 쪽으로 다가가며 말했다.

쓰시던 제품이 있으세요? 요즘은 알레르기 케어 이불도 종류가 많아요. 충전재도 다양한 편이고요.

그녀는 친절하게 응대하며 여자의 차림새를 훑었다. 40대 중반, 많아도 50은 넘지 않을 것 같은 여자는 깐깐했지만 무례하진 않았다. 요구 사항은 구체적이었고, 그녀가 높은 선반에서 이불을 꺼낼 때엔 손을 보태 주기까지 했다. 한참 만에 여자가 고른 건 샴페인 골드색의 여름용 알레르기 케어 이불 한 채, 대형 보디 필로 하나였다. 그사이, 다른 사람들은 모두

가고 없었다. 시간이 꽤 걸린 탓이었다.

자주 오시는 분들인가 봐요.

계산대 앞에 마주섰을 때 여자가 물었다.

네?

그녀가 되물었고 여자가 답했다.

아까 그분들요. 잠깐씩 놀러 오는 거야 그럴 수 있지만 일에 지장을 주면 곤란하죠. 그럴 땐 사장님이 선을 확실히 그어야 해요. 사장님 가게잖아요. 저도 가게를 해봐서 알아요.

그녀는 카드 단말기에 신용 카드를 밀어 넣으며 고개를 끄덕였다. 주제넘다는 생각은 하지 않았다. 쓸데없는 참견이라는 생각도 안 했다. 오히려 생전 처음 보는 그 사람이(매일 자신의 가게를 찾아오는 사람들보다) 자신의 상황을, 형편을 더 걱정하는 듯했고, 어쩐지 뭉클한 기분마저 들었다.

그녀는 여자를 문 앞까지 배웅하며 말했다.

고맙습니다. 또 오세요.

한 주 뒤, 여자는 다시 왔다. 여름용 매트를 구매하기 위해서였다. 그리고 여자가 세 번째 가게를 찾아왔을 때, 두 사람은 서로가 좋은 친구가 될 것임을 알아보았다. 그렇게 두 사람 사이에 우정이 싹트게 된 거였다.

애실은 해가 저문 뒤 간판 조명을 끄고 그 여자, 현서를 맞

이하는 저녁 7시 무렵을, 클래식 음악이 흘러나오는 라디오 방송을 켜둔 채 나지막하게 대화하는 시간을 기다리게 되었다.

처음 애실의 이야기는 이불 가게를 운영하는 고충 정도에 머물렀다.

이불이랑 베개 정도만 파는 줄 알았지, 이렇게 종류가 많을 줄은 몰랐어요. 외울 게 얼마나 많은지. 종일 책자를 들여다보고 있는데도 외워지지가 않아요.

그녀가 말하면 그녀보다 다섯 살 많은 현서가 답했다.

뭐, 처음부터 잘하는 사람이 있나요. 하나씩 배우고 익숙해지고 그런 거지. 저도 설계사 시작할 땐 밤새우는 게 일이었어요. 나중엔 너무 답답해서 눈물이 나더라고요. 어느 날 새벽엔 식탁에 엎드려서 엉엉 울었다니까요.

어머, 설계사 일을 하세요? 보험 설계사?

했었죠. 10년 정도 했나. 지금은 그만뒀어요.

저도 보험 설계사 일을 해볼까 했었어요, 예전에. 누가 그러더라고요. 하면 잘할 것 같다고요. 그냥 해본 말이겠지만.

애실 씨 정도면 잘하고도 남지. 근데 요즘은 돈벌이가 별로예요. 예전에나 좋았지. 이렇게 번듯한 이불 가게가 있는데 뭐가 걱정이에요.

그런가요?

그럼요. 이만한 가게가 있는 게 얼마나 복이에요. 갖고 싶어도 못 갖는 사람이 얼마나 많은데.

일주일에 서너 번, 한 시간 남짓 이어지는 현서와의 대화가 애실의 일상에 활력을 불어넣었다. 뭐랄까. 그녀가 가게 문을 닫고 어둠이 내린 골목을 되짚어 올 때, 멀리 어머니가 머무르는 집의 환한 창이 보이기 시작할 때. 오늘 하루도 나름의 역할을 해냈다는 뿌듯함을 갖게 하기 충분했다.

그래서 얼마 후엔 자연스레 어머니에 대한 이야기를 꺼낼 수 있었다. 20년 넘게 이불 가게를 운영해 온 어머니. 지금은 우울과 불안에 사로잡혀 있는 어머니. 그녀는 자신이 중학생이 되던 해에 어머니가 이혼을 했고, 자신을 홀로 키웠다고 털어놓았다.

그래? 혼자 애 키우는 게 보통 일이 아닌데, 대단한 분이네. 어머니도 어머닌데, 애실 씨도 마음고생 심했겠어. 한창 사춘기 때였잖아.

그랬나? 지금은 잘 기억이 안 나요.

애실 씨가 착해서 그렇지, 뭐. 원망하진 않았어? 힘들었을 텐데.

아뇨. 오히려 다행이라고 생각했어요. 싸우는 걸 보는 게

괴로웠거든요.

그녀는 거의 매일 밤, 아버지와 어머니가 육탄전에 가까운 싸움을 벌였다는 말은 하지 않았다. 어머니가 말로 아버지의 마음을 할퀴면 아버지가 프라이팬이나 냄비로 식기를 닥치는 대로 부수는 게 일종의 패턴이었다는 말도 삼갔다. 이혼 후, 어머니가 복수하듯 이런저런 남자들을 만나는 동안 자신이 내내 방치되어 있었다는 말도, 자기 학대에 가까운 어머니의 연애사가 모녀 사이에 돌이킬 수 없는 상처를 남겼다는 말도. 어쩐지 그것까지 말하는 건 망설여졌고, 자신의 부모를 돌이킬 수 없이 나쁜 사람으로 내모는 것 같았다.

그랬구나. 그럼 아버지와는 교류가 없었던 거야? 그 이후로?

애실은 아버지 이야기도 했다. 오래전, 그녀가 대학에 입학하고 얼마 되지 않았을 때 느닷없이 연락해 온 아버지에 대해. 3월 17일 수요일. 아버지가 전화를 걸어온 날짜를 그녀는 잊지 않고 있었다.

애실이냐? 나다.

휴대폰 너머에서 들리는 굵은 목소리의 주인공이 아버지라는 것을 알았을 때, 그녀는 중앙 도서관에 막 들어선 참이었다. 갑자기 쏟아진 비 탓에 사람들이 건물 안으로 계속 뛰

어 들어오는 중이었다.

네? 아, 네.

그녀는 그렇게 대답하면서 주변을 살폈고 화장실 쪽으로 이동했다. 어디나 사람이 많았다. 오리엔테이션 모임에서 보았던 동기들도 눈에 띄었다. 입학을 축하한다거나 그동안 연락을 못 해서 미안하다거나 하는 아버지의 말을 건성으로 들으며 그녀가 자리를 잡은 곳은 비상계단이었다. 그녀는 두 손으로 휴대폰을 감싸고 계단 끝에 쪼그려 앉았다. 그러고 나자 심장 뛰는 소리가 무섭도록 커졌다.

한참 만에 아버지가 용건을 꺼냈다.

지금 학교에 있니? 잠깐 보면 좋겠구나.

지금요? 오늘이요?

그녀는 수업이 남았다고 했고, 수업이 끝나면 곧바로 아르바이트를 가야 한다고 했지만 아버지는 물러서지 않았다. 애실은 거절하지 못했다. 오후 5시, 그녀가 수업을 마치고 나왔을 때, 아버지는 후문 앞 담벼락에 기대어 있었다. 그사이, 비는 그쳐 있었다.

두 사람은 어색하게 안부를 나누다가 인파에 휩쓸려 골목 안쪽으로 걸어 들어갔고, 천장이 낮은 허름한 식당에 자리를 잡았다.

모르겠어요. 그냥 딴사람 같았어요. 너무 말라서 그런가. 줄무늬 셔츠 같은 걸 입고 있었는데 가슴팍에 뭐가 묻었더라고요. 커피나 콜라 그런 걸 쏟았는지. 왜 그런 옷을 그냥 입고 다니는지.

애실은 그때를 떠올리며 그렇게 중얼거렸다. 그곳에 얼마나 머물렀는지, 무엇을 먹었는지는 기억나지 않았는데 아버지의 표정과 옷차림만은 이상할 정도로 생생했다.

자기, 기분이 너무 그랬겠다.

현서는 그렇게 말하며 그녀의 무릎을 가볍게 토닥였다. 그러면서 더 이야기하지 않아도 된다는 듯 고개를 끄덕였다. 그것이 애실에게 용기를 불어넣었다.

밉기도 했는데 그냥 불쌍했어요. 아버지가요.

그날, 아버지는 애실에게 돈을 빌려 달라고 했다. 딱 한 달만 쓰고 돌려주겠다고, 일이 잘되면 매달 용돈도 줄 수 있을 거라고.

그래서 빌려줬어?

현서가 물었고 애실이 답했다.

네, 알바로 번 돈이 조금 있었거든요. 칠십만 원 정도였나? 드렸어요.

그래, 잘했어. 나라도 그랬을 거야.

진짜, 언니였어도 그랬을까요?

애실은 그렇게 물었다. 대답을 한 번 더 듣고 싶었다.

그럼. 안 그랬으면 계속 마음에 걸렸겠지. 그보다는 줘버리는 편이 낫잖아.

그날, 두 사람은 저녁을 함께 먹었다. 출퇴근길, 애실이 무심코 지나다니는 치킨 가게에서였다. 현서에게 살갑게 구는 주인 여자가 따뜻한 치킨과 맥주 두 잔을 내왔다. 애실은 약간의 해방감과 홀가분함 속에서 식사를 했다. 이따금 자신을 기다릴 어머니에 대한 걱정이 끼어들었지만 그 생각에 오래 붙잡혀 있지 않았다. 현서가 자꾸만 익숙한 쪽으로 기울어지는, 바라는 쪽이 아니라 감당하는 쪽으로 향하는 그녀의 주의를 돌려세운 덕분이었다.

애실은 말하고 들었다.

그것을 처음 배우는 사람처럼. 거기에서 즐거움과 유쾌함을 이제 막 발견한 사람처럼. 맞다. 두 사람의 대화에는 그런 힘이 있었다. 그녀는 기뻤다. 자신에게 위로와 위안을 주는 이 소통이. 자신 또한 누군가에게 그런 것을 줄 수 있다는 사실이. 현서가 자신과는 상반된, 어떤 감정을 품고 있을 거라고는 상상하지 못했다.

계산은 현서가 했다. 그러곤 자신 몫의 돈을 내겠다는 애실

에게 포장한 치킨을 건네주며 말했다.

다음에, 다음에 사. 오늘 보고 말 것도 아니잖아. 참, 이건 가져가서 어머니 드리고. 알았지?

따뜻한 치킨 봉지를 들고 귀가하면서 애실은 자신이 한 말을 하나씩 복기했다. 쓸데없는 말을 한 건 아닌지, 괜한 편견이나 오해를 남긴 건 아닌지 점검하는 거였다. 그건 그녀의 오랜 버릇이었고, 살면서 그녀가 말수를 줄이게 된 이유 중 하나였다. 그녀는 만남이 끝난 뒤 후회하고 자책하고 반성하는 자신이 싫었다. 그러나 그날은 찝찝하거나 미심쩍은 마음이 들지 않았다. 자신이 했던 모든 말이 가치 있다고 여긴 건 아니었다. 다만 현서라면 이해해 줄 것 같았다. 말을 둘러싼 보이지 않는 것까지 모두 읽어 줄 것만 같았다.

그녀는 알 수 있었다.

자신의 말에 귀 기울이는 현서의 표정을 보면 저 사람이 내 이야기에 깊이 공감하는구나 하는 걸 느낄 수밖에 없었다.

그렇다고 애실이 대화를 항상 독점한 건 아니었다.

그녀는 자신의 말이 너무 길어지지 않도록 단속했고, 현서가 자신의 이야기를 할 수 있도록 배려했다. 그건 그녀가 맺어 온 고만고만한 인간관계에서 지켜 온 철칙이었고 그래서 얼마간 몸에 밴 습관이기도 했다.

현서는 두 해 전에 열여섯 살 아들을 미국으로 유학 보냈고, 그 아들을 돌보기 위해 남편 또한 미국으로 보냈다고 했다. 세 식구의 생계를 현서가 홀로 책임지고 있는 셈이었다. 현서는 대학을 졸업한 뒤 닥치는 대로 일을 했다고 했는데, 학습지 교사부터 보험 설계사, 택배 기사, 자동차 영업 사원까지 해보지 않은 일이 없었다. 그리고 마흔넷이 되던 해, 마침내 기회를 잡았다고 했다.

운 좋게, 다행스럽게. 그 기회를 잡고 나서야 돈이 안 되지만 그만둘 수 없는 이런저런 일을 정리했고, 비로소 세 식구의 생계를 걱정하지 않게 되었다고 했다. 그건 운도, 다행도 아니고 언니의 노력 덕분이라고, 애실이 바로잡았다. 그러면서도 그 기회가 무엇인지 묻진 못했다. 그저 현서가 하는 사업 중 하나일 거라고 막연히 짐작했다. 현서가 지나가는 투로 말했던 무인 카페니 애견 숍이니 하는 종류의 일일 거라고 여긴 거였다.

그것에 관한 이야기를 들은 건 몇 주가 더 지난 후였다.

기온이 32도까지 치솟은 여름 저녁, 애실은 강이 내다보이는 벤치에 앉아 있었다. 현서와 현서의 지인 두 사람이 함께였다. 오후 7시가 넘었지만 주변은 환했다. 종일 세상을 뜨겁게 달군 해는 여전히 기세등등해서 저물 기미가 없었다. 그러

나 8시가 지나자 거짓말처럼 어스름이 깔리기 시작했다. 거리에 조명이 켜지고 사람들이 강변에 자리를 잡았다. 어디선가 음악이 흘러나왔고 멀리 줄지어 서 있는 푸드 트럭의 행렬이 눈에 들어왔다.

우리도 뭐 좀 먹을까?

네 사람은 앞서거니 뒤서거니 푸드 트럭 쪽으로 다가갔다.

애실 씨, 머 먹을래?

현서가 물었고 나머지 두 사람이 그녀를 보았다. 그녀는 높다란 트럭 위에서 저마다의 방식으로 요리하는 사람들의 모습을 올려다보았다. 어떤 트럭 앞에는 벌써 긴 줄이 생기는 중이었고, 알록달록한 조명이 시선을 끄는 트럭도 있었다. 그녀는 민트색 트럭에서 파는 문어 다리 구이와 바로 옆 트럭에서 파는 닭강정을 골랐다. 화려한 음식은 구경하는 재미가 있었지만 맛을 예상하기 어려웠고, 가격이 비싸거나 시간이 오래 걸리는 음식을 고르는 것은 망설여졌다.

네 사람은 적당한 곳에 자리를 잡고 사 온 음식을 맛보았다.

강 쪽에서 선선한 바람이 불어왔다. 사람들의 말소리가 공중으로 떠올랐고 상쾌한 기분이 들었다. 애실은 잠깐씩 고개를 들어 주변을 살폈다. 자신이 정말 이런 곳에 와 있는 게 맞나 싶었고, 전혀 다른 사람이 된 듯했다. 기분 좋은 착각이었

다. 그녀는 어머니를 떠올렸다. 나중에, 기회가 된다면 어머니와 함께 이곳에 와도 좋겠다고 생각한 거였다. 생각은 다시금 종일 어머니가 홀로 지키는 어둑어둑한 방으로 향했다. 그곳에서 어머니의 하루가 어떻게 흐르는지 애실은 알지 못했다. 어머니에게 무엇이 필요하고, 어머니가 무엇을 원하는지도. 그녀는 자신이 지금껏 그것을 궁금해하지 않았다는 사실에, 실은 그것을 어머니가 감당해야 하는 어떤 대가로 여겨왔다는 자각에 새삼 놀랐고 약간의 미안함을 느꼈다.

어떨 거 같아, 애실 씨?

맞은편에 앉은 현서가 물었고, 그녀가 답했다.

뭐라고 했어요, 언니? 나 못 들었어.

그녀는 현서 쪽으로 고개를 돌렸다. 멀리 무리를 지어 날아가는 새들이 보였다. 애실은 그 모습에 주의를 빼앗겼고 다시금 현서의 말을 놓쳤다.

푸드 트럭, 푸드 트럭 말이에요! 운영할 수 있다고 하면 한번 해볼 만하지 않아요? 기회가 생긴다면 말이에요.

애실 곁에 앉은, 현서의 지인 중 한 명이 소리치듯 말했다. 주변 사람들이 돌아볼 만큼 목소리가 컸다.

여름이 지나고 가을이 오는 동안 애실의 일상엔 오직 그녀 자신만이 알아챌 수 있는 사소한 변화가 이어졌다. 그녀는 현

하루치의 말 김혜진　　　　53

서를 따라 교회에 나갔고, 새로운 사람들을 사귀었고, 요가를 시작했다. 어머니가 오래도록 창고로 쓰던, 지금은 그녀의 차지가 된 방의 침대와 화장대를 바꾼 것도 그런 변화 중 하나였다. 일주일에 두어 번 그녀는 어머니를 위해 저녁을 만들었고, 9시 뉴스 전에 방영되는 연속극을 함께 보았다. 날씨가 좋은 저녁에는 어머니와 가벼운 산책에 나설 때도 있었다. 그건 그녀가 할 수 있었으나 할 거라고 생각하지 않았던, 지금껏 엄두를 내지 못했던 일들이었다.

그 시기, 애실에게 삶은 손에 잡히는 무엇이었다. 하루하루를 끌려다니듯 허비하는 게 아니라 자신이 삶의 고삐를 단단히 쥐고 있다는 느낌. 원한다면 고삐를 바짝 당길 수도, 느슨하게 풀 수도 있다는 자신. 그건 지금껏 그녀가 가져 본 적 없는 것이었다. 그녀는 자신이 그런 것을 갖게 될 거라고 상상한 적이 없었다.

10월 마지막 주, 생일을 며칠 앞둔 수요일에 애실은 아버지에게 전화를 걸었다.

한참 만에 전화를 받은 건 낯선 여자의 목소리였다.

장수택 씨 휴대폰 아닌가요?

애실이 묻고 상대가 답했다.

맞아요. 누구예요?

저는 장수택 씨 딸인데요. 아버지와 통화할 수 있을까요?

여자가 누군가를 부르는 소리가 났다. 곧 낮고 탁한 아버지의 음성이 흘러나왔다.

저 애실이에요.

어, 그래. 무슨 일이냐? 전화를 다 하고.

잘 지내세요?

그래, 잘 지낸다.

그녀는 어머니가 아프다는 이야기는 하지 않았다. 자신이 고향으로 내려왔다는 말도, 어머니의 이불 가게를 맡게 되었다는 말도. 아버지는 아버지로서 해야 할 법한 질문을 형식적으로 늘어놓았지만 대답을 궁금해하는 것 같진 않았다. 그는 당황한 것 같았고 어쩔 줄 몰라 하는 듯했다. 그것이 자신에 대한 미안함 때문인지, 곁에 있는 누군가 때문인지 애실은 알 수 없었다. 아버지가 얼버무리며 통화를 끝내려고 할 때, 애실이 물었다.

아버지, 그때 저 찾아왔던 거 기억하세요? 저 대학 입학하고 얼마 안 됐을 때. 학교에 오셨잖아요.

그래, 그랬던 거 같구나.

아버지가 느릿느릿 답했다.

돈을 빌려 달라고 했어요, 저한테. 거의 6년 만에 나타나서

한 말이 그 말이었다고요.

그래. 기억난다.

아버지의 목소리가 작아졌다. 침묵이 내려앉았다. 말소리와 웃음소리 같은 주변 소음이 들리다가 말다가 했다. 아버지가 몇 차례 무슨 말을 하려다 그만두는 기색이 느껴졌다. 결심한 듯 아버지가 무슨 말을 시작하려 할 때 그녀가 끼어들었다.

그 돈은 잊어버리세요. 돈 때문에 연락한 건 아니니까. 그냥 엄마도, 아버지도 너무했다는 생각을 오래 했어요. 저는 안중에 없었잖아요, 두 분 다. 그게 저한테는 상처였어요. 너무 큰 상처여서 상처인 줄도 모르고 살았어요.

그래, 내가 사는 게 바빠서…….

아버지가 사과인지, 변명인지 모를 어떤 말을 시작했고 그녀가 다시 끼어들었다.

그냥 제가 상처받았다는 말을 하고 싶었어요. 너무 큰 상처였다고요. 꼭 한 번은 그 말을 해야 할 것 같았어요. 잘 지내세요.

그녀는 그렇게 말하고 전화를 끊었다. 그러곤 뜨거워진 휴대폰을 쥐고 출입문 쪽으로 다가간 뒤, 거리에 깔린 노란 은행잎과 그것을 밟고 오가는 사람들의 모습을 오래도록 바라보

왔다. 한참 만에 긴장이 가시면서 약간의 후련함이 느껴졌다.

잠시 후, 다시 전화벨이 울렸다. 그녀가 거의 반사적으로 전화를 받았을 때, 다급한 목소리가 흘러나왔다.

애실 씨, 나야. 세탁소. 현서, 요즘도 거기 와?

인근에서 남편과 함께 세탁소를 운영하는 여자였다. 몇 달 전부터 현서를 포함한 몇몇 사람과 어울려 지내는 사이였다.

현서 언니요? 네, 오죠.

애실은 그렇게 대답했고, 한마디 더 했다.

언니, 지금은 미국에 가 있어요. 한 달간 가족들을 만나러 간다고 했거든요. 무슨 일 있으세요?

그럼 마지막으로 본 게 언제야? 연락은 돼?

지난달에 마지막으로 봤나? 한 달 정도 됐을 거예요. 연락은 안 해봤어요. 한국에 들어오면 연락한다고 했거든요.

애실은 계산대 쪽으로 다가가 탁상 달력을 집어 들었다. 주문 품목, 반품 수량, 할인 요율, 어머니의 병원 일정 등이 빼곡히 적힌 달력은 하루하루 성실히 살아온 그녀 나름의 기록처럼 보였다. 다시금 질문이 날아왔다.

애실 씨, 혹시 걔한테 돈 빌려줬어?

걔라는 호칭이 순간적으로 애실을 곤두서게 만들었다.

네, 어떻게 아셨어요?

그녀가 대답했고 곧바로 한숨 섞인 대답이 돌아왔다.

내 이럴 줄 알았어. 얼마를? 언제? 안 되겠다. 저녁에 잠깐 봐. 가게로 갈게.

그렇게 해서 그날 저녁, 네 사람이 애실의 가게에 모였다. 세탁소 여자와 치킨집 여자, 근처 공인 중개소에서 보조 중개 인으로 일하는 여자까지. 그들은 침통한 얼굴로 계산대 주변에 둘러앉았다. 곧 현서에 대한 놀라운 이야기들이 쏟아졌다. 요약하면 현서가 사람들에게 돈을 빌렸고, 아직 갚지 않고 있으며, 얼마 전부턴 연락조차 받지 않는다는 거였다. 천이백만 원. 구백 오십만 원. 팔백 칠십만 원. 애실의 시선이 금액을 구체적으로 밝히는 세 사람의 얼굴을 어지럽게 오갔다.

애실 씨는 얼마나 줬어?

세탁소 여자가 묻고 애실이 중얼거렸다.

저는 칠백 정도 되는 거 같아요. 아니, 거의 팔백쯤 되나. 잘 모르겠어요. 봐야 해요. 한번 볼게요.

그녀는 멍한 표정으로 휴대폰을 열고 계좌 이체 내역을 확인했다. 충격을 받은 것처럼 보였지만 그렇지 않았다. 애실은 틀림없이 오해가 있을 거라고 믿었다. 그러니까 참을성도, 이해심도 없는 이들이 문제를 크게 만들고 있다는 의심을 떨칠 수 없었다. 그러나 그 말을 입 밖으로 꺼내진 않았다.

칠백 오십만 원이네요.

애실이 중얼거렸고 치킨집 여자가 물었다.

언제 빌려 간 거예요? 언제까지 준다는 말이 있었어요?

애실은 현서가 투자금 명목으로 세 번에 걸쳐 그 돈을 빌려 갔다고 말했다. 푸드 트럭 운영권을 확보하는 문제로 당시 현서가 고민이 깊었다는 말도, 일부러 이런 상황을 만들 사람이 아니라는 말도. 사람들은 듣지 않는 것 같았다. 고소니 고발이니 하는 말이 나왔고, 피해를 본 사람들의 이름이 더 나왔다. 분노와 원망, 배신감과 후회가 난무하는 대화는 9시가 넘도록 이어졌고, 마침내 맥 빠진 얼굴로 모두 자리에서 일어날 때 누군가 못 참겠다는 듯 말했다.

다 거짓말이야. 본명도 현서가 아니라 현옥이더라고. 그년 그거 순 사기꾼이야.

애실은 지나치다고 생각했다. 그러니까 그때까지도 현서와 연락이 닿기만 하면 모든 게 해결될 문제라고 여긴 거였다. 이후, 몇 달간 현서에게 줄기차게 전화를 걸고, 끈질기게 메시지를 남긴 건 그 때문이었다.

애실이 현서를 다시 본 건 이듬해의 일이었다.

2월 마지막 주 토요일, 그녀는 일찌감치 집을 나섰다. 현서를 만나기 위해서였다. 현서가 수감되어 있는 구치소까지는

차로 두 시간이 걸렸다. 그녀는 주차장에 차를 세운 뒤 곧장 민원실로 갔다. 키오스크에서 접견 예약증을 뽑고, 널찍한 민원실 로비를 이리저리 서성거렸다.

해야 할 말과 들어야 할 말은 명확했으나 애실의 목적은 그것이 아니었다. 그녀는 자신이 무슨 말을 하고 싶은지, 현서에게 무슨 말을 듣고 싶은지 알 수 없었다. 아니, 5개월 남짓한 시간이 두 사람 사이를 어떻게, 얼마나 바꿔 놓았는지 짐작할 수 없었고 그래서 겁이 났다. 그러나 접견실 유리 칸막이 너머로 민트색 수의를 입은 현서가 나타났을 때 애실이 가장 먼저 느낀 건 반가움이었다.

현서는 약간 마른 듯했고 나이가 더 들어 보였다. 두 사람의 시선이 잠깐씩 마주쳤다가 다른 쪽으로 비켜나길 반복했다.

침묵을 깬 건 애실이었다.

언니, 그동안 내가 연락 많이 했는데, 왜 연락 안 했어요?

탓하려는 건 아니었다. 추궁할 마음도 없었다. 그녀는 알고 싶었다. 현서에게 무슨 일이 있었는지, 왜 일이 이렇게까지 되었는지.

그렇게 됐어.

현서가 답했고, 애실이 말했다.

언니, 나한테는 말해 줘도 됐잖아요. 사정을 말했으면 그런

가 보다 했을 텐데.

현서는 고개를 끄덕일 뿐 대꾸하지 않았다. 굳게 입을 다문 채, 테이블의 한 지점을 주시하는 현서의 표정이 말할 수 없이 낯설었다. 그것이 마음을 불안하게 했다. 그녀는 조금 더 말했다. 하소연인지 푸념인지 설득인지 애원인지 모를 말들이, 예상하지 못한 감정들이 이리저리로 튀어 올랐다.

애실아, 네가 어떻게 들을지 모르겠지만 그동안 내가 너한 테 한 거 생각하면 이렇게까지 할 건 아니지 않니? 고소까지 할 필요는 없었잖아. 내가 잘했다는 게 아니고 너도 알 거 아니야. 그동안 내가 너한테 어떻게 했는지. 적어도 내 사정 들을 때까지 기다릴 순 있었잖아.

중얼거리는 현서의 목소리에 억누른 감정이 느껴졌다. 애실은 곧바로 수긍했다.

저도 그러려고 했어요. 그런데 사람들이 이렇게라도 해야 만날 수 있다고 해서……. 언니, 나 독촉하려고 온 거 아니에요. 얼굴 보고 이야기하고 싶어서 온 거예요. 나도 알아요. 언니가 나 많이 챙겨 준 거. 그거 모르지 않아요.

마음이 급했다. 접견 시간은 고작 10분이었고, 금방이라도 이 만남이 중단될 것 같았다. 애실은 이야기하고 싶었다. 현서로 인해 바뀐 일상들, 회복되고 변화하는 관계들. 그러니까

이전보다 가까워진 어머니와의 사이. 지난가을 아버지와 나눴던 짧은 통화. 이불 가게를 이전하고 말고 하는 계획. 새로 알게 된 이웃들의 근황까지. 해야 할 이야기는 너무 많았고, 계속 새로운 이야기가 뒤따라왔다. 그녀의 말은 앞서가는 말을 따라잡느라, 뒤따라오는 말을 챙기느라 숨이 찼다.

현서의 차분한 목소리가 그녀의 말을 가로막았다.

애실아, 여기 있으면 제일 좋은 게 뭔지 아니?

현서가 고개를 들고 그녀와 눈을 맞추었다. 아무런 감정이 느껴지지 않는 고요한 표정. 그건 그녀가 지금껏 한 번도 본 적 없는 현서의 얼굴이었다.

조용하다는 거야. 원하는 만큼 조용하게 있을 수 있다는 거. 아무 이야기도 안 들어도 된다는 거.

현서는 결심한 듯 자세를 고쳐 앉고 마지막 말을 건넸다.

애실아, 그동안 네 이야기 들어 주는 거 나 너무 힘들었어. 어쨌든 일이 이렇게 되어서 미안하다. 돈은 어떻게든 갚을게. 더는 오지 마.

무슨 말이에요, 언니?

애실이 멍한 얼굴로 되묻자 현서가 무섭도록 정중한 말투로 말했다.

장애실 씨, 정말 죄송합니다. 돈은 어떻게든 꼭 갚아 드릴

게요. 그러니 더는 찾아오지 마세요. 부탁합니다.

접견이 끝났다는 안내 멘트가 나왔다. 현서는 자리에서 벌떡 일어나 접견실을 나가 버렸다. 그렇게 만남이 끝나 버린 거였다. 애실은 쫓겨나듯 접견실을 나왔고 널찍한 민원실 로비로 되돌아왔다. 진공 상태를 벗어난 것처럼 소음이 한꺼번에 그녀를 덮쳤다. 그녀는 빠른 걸음으로 건물을 나와 주차장으로 걸었다. 그러곤 겨울의 냉기가 감도는 운전석에 앉아 숨을 골랐다. 하얗게 입김이 피어났고 차가운 손끝이 따끔거렸다.

멀리 주차장 한가운데에 서 있는 한 사람이 눈에 들어왔다. 패딩을 입은 남자는 생각에 잠긴 듯 바닥의 한 지점을 노려보는 중이었다. 그러다 두 손으로 얼굴을 감쌌다. 그 모습이 묘하게 익숙했다. 맞다. 그녀는 사람들을 생각하고 있었다. 그동안 자신이 만나 온 사람들, 마음과 시간을 나눈 사람들, 한순간 멀어진 사람들. 이유도, 까닭도 묻지 못하고 끝나 버린 관계들. 그녀는 사는 동안 수없이 오답을 적어 냈던 문제의 해답을 비로소 어렴풋하게나마 찾은 것 같았다.

애실은 다 기억나지도 않는, 다시 주워 담을 수도 없는 말들을 생각했다. 그러면서 다시금 말을 간직하는 법을 배워야 할지도 모르겠다고 중얼거렸다. 매일 밤, 차갑고 딱딱한 마음을 파서 하루치의 말을 묻는 일. 조금씩 더 깊이 파고, 오래 파

하루치의 말　김혜진　　　63

는 행위에 단련되는 일. 말들이 새어 나오지 않도록 마음을 단단하게 잠그는 일. 그러니까 안전하고 평화로운 하루를 영위하는 현명한 사람들이 매일 되풀이하는 일들. 그건 애실이 평생 노력했으나 좀처럼 익숙해지지 않던, 현서로 인해 잠시 잊었던 일상이었다.

그리고 이제 다시 그곳으로 돌아가야 할 시간이었다. 그녀는 민원실 건물을 잠깐 바라본 뒤 시동을 걸었다.

나의 살던 고향은
백온유

1

주말에 집에 들를 수 있냐. 아버지에게 연락이 왔을 때 영지는 일이 많아 어려울 것 같다고 말했다. 핑계는 아니었다. 두 달 전 동기가 대기업으로 갑작스럽게 이직한 뒤로 영지는 그가 하던 일까지 떠안게 되었다. 과장은 임시라고 했지만 한 달이 지나도 대체 인력을 뽑지 않는 것으로 보아 이대로 가다간 결국 동기의 일까지 책임지게 되리라는 것을 영지는 직감했다. 영지는 MD였고 동기는 마케터였으므로 영지의 노력과는 별개로 마케팅 업무는 늘 주먹구구식으로 돌아가고 있었다. 영지뿐만 아니라 모든 팀원이 비슷하게 느끼는 것 같았지만 혹여나 자신에게 업무가 넘어올까 봐 아무도 짚고 넘어가지 않는 것 같았다. 과장도 일단 올해만 버텨 보자는 식으

로 적당히 눙쳤다.

지난주에는 벼르고 벼르다 사람을 뽑아 달라고 건의했다. 과장은 하반기 채용 공고도 끝난 마당에 어쩔 수 없다는 말만 반복하다가 자신이 보기에 김 대리는 충분한 역량을 가지고 있는데 김 대리만 자기 잠재력을 모르는 것 같다며 가증스러운 얼굴로 안타깝다 말했다. 영지는 서울에서 살아남을 수 있었던 비결이 주제 파악을 하는 능력 덕분이라고 스스로 생각했다. 여섯이었던 입사 동기는 일 년에 한 명씩 꾸준히 퇴사했고 오 년이 지난 지금은 영지밖에 남지 않았다. 마케터였던 동기는 이직을 하면서 영지에게 아무런 언질도 주지 않았다. 섭섭하지 않았다. 영지는 자신의 처지가 떠난 이들과 다르다는 사실을 명확하게 인지하고 있었다. 영지의 회사는 다이어트 보조제와 다이어트 식품을 판매하고 있었다. 입사할 때만 해도 오십 명 내외였던 직원은 오 년 만에 이백 명 이상으로 늘어났고, 연예인과 인플루언서를 통한 마케팅을 통해 올해만 해도 매출액이 작년 매출액의 두 배를 기록할 전망이었다. 영지는 자신이 운이 좋은 편이라고 생각했다. 동기들은 업무량에 비해 월급과 사내 복지가 형편없다고 했지만 영지는 이 학벌에, 이 경력에 이만한 회사에 자리 잡은 것만 해도 감지덕지라고 여겼다. 그러나 이제는 한계였다. 영지는 현재 업무

량이 얼마나 많은지, 자신이 억지로 떠맡은 일을 얼마나 터무니없는 방식으로 처리하고 있는지를 보고했다. 과장은 가만히 듣더니 속삭이듯 말했다.

「알아. 내가 그걸 모르겠어? 연봉 협상 시즌 두 달도 안 남았잖아. 오히려 영지 씨한테는 잘된 일일 수도 있지 않을까? 정 힘들면 내년 초에 계약직 한 명 뽑아 줄게. 그때까지만 고생해 주라.」

과장이 그렇게까지 말하자 물러서는 수밖에 없었다. 연봉 협상 때까지만, 내년 초까지만, 영지는 이를 악물고 스스로를 채찍질하는 중이었다. 버티지 않으면 또 어찌할 것인가. 도무지 이보다 더 나은 직장을 구할 자신이 없었다.

「주말은 힘들고, 이달 말에 한번 갈게요.」

영지는 아버지에게 대답했다. 솔직히 말하면 지킬 자신 없는 약속이었다. 하지만 설 이후로 한 번도 내려가지 못했기에 갈 때가 된 것 같기는 했다. 추석에도 일이 많다는 이유로 가지 않았으니까. 아버지는 알겠다고 답하고 전화를 끊었다. 지금 와 생각해 보면 그때 그냥 넘기지 말고 이유를 캐물어야 했다. 아버지는 특별한 이유 없이 딸에게 전화를 거는 사람이 아니었다.

이틀 후, 잠깐 다녀가는 것도 어렵겠냐고 아버지가 다시 연

락했을 때 영지는 상황의 심각성을 인지했다. 무슨 일이 생긴 거냐고 물으니 아버지는 한참 뜸을 들였다.

「진우 또 사고 쳤어요?」

아버지는 진우가 그럴 일이 뭐가 있냐고, 정신 차린 지가 언젠데 그런 소릴 하느냐고 되려 영지를 나무랐다. 무슨 일이 있는 것이 분명한데 이유를 말해 주지 않으니 가장 높은 가능성을 상상하는 것 아닌가. 진우는 중학생 때 학교 폭력에 가담해 두 번이나 정학을 당한 이력이 있었다. 사실 가담했다는 표현보다는 주도했다는 표현이 정확할 것이다. 면 단위 소재지다 보니 피해자도 어릴 때부터 알고 지낸 아이고, 진우의 부추김에 폭력에 가담한 아이들도 모두 먼 친척뻘이라 학교 교장부터, 선생님들, 연루된 이들까지 전부 덮기에 급급했던 사건이었다. 십 년도 더 지난 일이니 아버지로서는 철없던 시절의 일이라고 생각할지 몰라도 영지는 이상하게 진우가 시한폭탄처럼 불안했다. 또래 중에서는 가장 먼저 취직해 면사무소 공무원이 된 동생을 아버지는 무척이나 자랑스러워했다.

「외가, 친가 따져 봐도 나랏밥 먹는 사람은 우리 집안에서 진우 하나다. 조선 시대로 따지면 과거 급제를 해서 벼슬길에 오른 거지.」

영지는 아버지가 과거의 자신에게 바라던 것이 무엇인지 잘 알고 있었기에 그 소망을 비슷하게라도 이루어 준 진우가 고마웠고 내심 안심이 되기도 했다. 실패한 자식은 한 명으로 족하니까. 그러나 친척들 앞에도 낯 뜨거운 칭찬을 서슴지 않는 모습을 볼 때면 왠지 마음이 거북해지고 신경이 곤두섰다. 그런 거들먹거림은 아버지 인생에 내세울 것이 진우뿐이라는 것을 너무 노골적으로 드러내는 것 같았다. 어쨌든 진우 문제가 아니라고 하니 영지는 또 다른 가능성을 떠올렸다.

「혹시 재발하셨어요?」

「무슨 말이냐?」

「암이요. 재발하셨냐고요.」

아버지는 팔 년 전 위암 2기 진단을 받았다. 완치 판정을 받은 지는 오 년이 넘은 상태였다. 아버지는 너털웃음을 지으며 전혀 아니라고 말했다.

「너희 엄마가 좀 다쳤다.」

그건 예상하지 못한 말이었다. 엄마와는 아침에도 통화를 했기 때문이었다. 엄마의 목소리는 여느 때처럼 밝고 명랑했다.

「어제 용돈 보냈더라? 느그 아빠한테도 말했어? 이거 우리 둘 비밀? 고마워, 우리 딸. 아침 챙겨 먹고, 쉬엄쉬엄 일해. 느

그 아빠는 뭐 놀러 갔겠지. 언제 얘기하고 나가는 거 봤냐? 지겨워 죽겠어.」

용돈을 보내 줘서 고맙다는 말. 무뚝뚝하고 뻣뻣한 아버지에 대한 험담. 엄마의 목소리에는 아픈 기색이 전혀 없었다.

「어디를요.」

「심한 건 아니고, 산에서 발을 좀.」

엄마는 봄에는 쑥과 고사리를 캐러, 가을에는 밤을 주우러 산에 다녔다. 원래부터 그런 취미가 있던 것은 아니고 불과 삼사년 전부터 생긴 취미였다. 산도 사유지일 텐데 들어가서 함부로 손대도 되는 거냐고 물으니 그냥 두면 썩을 것들 한 소쿠리 캐 오는 게 뭐가 어떠냐고 했다. 자기만 그러는 게 아니라고, 네가 몰라서 그렇지 시골 아줌마들은 다 그런다고 말하기에 그런가 보다 여겼다. 영지는 어릴 때부터 밤조림을 좋아했다. 삶은 밤의 껍질을 벗겨 설탕과 물을 넣고 조려서 유리병에 담아 두면 꽤 오래 먹을 수 있었다. 엄마는 가을마다 그것을 택배로 보내 주었다. 큰 병에 담아 보내도 한두 달이면 다 먹었기에 영지는 올해는 밤을 더 많이 주워 오라고 며칠 전 당부했다. 혹시 그것 때문에 산에 갔다가 발을 헛디뎠나 싶어 마음이 좋지 않았다.

「얼마나 다친 건데요? 접질린 거예요?」

「비슷하다.」

아버지에게 그 말을 들었을 때 영지는 뼈가 부러졌을 수도 있겠다고 생각했다. 위암 진단을 받았을 때도 아버지는 위궤양이라는 터무니없는 거짓말로 자식들을 속이고 반년 넘게 항암 치료를 받았다. 머리카락이 모두 빠진 후에야 사실을 털어놓았는데, 지금은 그 일을 은근히 뿌듯해하며 무용담처럼 말하는 것이 마음에 들지 않았다. 그때 애들한테는 말 안 하고 마누라랑 둘이 병원 다녔지. 왜긴, 왜야. 자식들 걱정시키기 싫어서지. 죽으면 죽었지, 애들한테는 폐 끼치고 싶지 않더라고. 진우는 아직 제 아버지를 하늘같이 여기는데 내가 약한 모습 보이면 되겠어? 가장은 기둥인데 무너지면 안 되잖아. 동네 어른들과 친척들은 진우 아버지는 정말 담력이 보통 아니라는 둥 다시 봤다는 둥 그렇게 강인하니 결국 암도 이기는 거라는 둥 아버지를 치켜세웠다.

아버지는 약이 잘 맞아 치료 이 년 만에 놀라울 정도로 병증이 호전되었는데 가끔 자신이 시한부였다든가, 호스피스 병동에 갈 뻔했다든가 하는 식으로 허풍을 떨었다. 영지는 아버지가 병증을 과장해서 말할 때마다 기분이 묘해졌다. 젊은 날의 아버지는 특별히 과시적인 사람은 아니었다. 평생을 미적지근하게 산 사람이 말년에 피울 수 있는 거드름은 결국 그

런 자질구레한 것들뿐인 걸까. 암이라는 것은 평생 고향 땅을 떠나지 않고 살아온, 가업을 물려받아 오십 년간 한 가지 일만 반복하며 살아온 아버지가 삶에서 겪은 몇 안 되는 이벤트인 것이다.

「언제 다쳤는데요?」

「그저께.」

아버지가 영지에게 내려오라고 한 그날이었다.

「진작 말씀하셨어야죠. 그럼, 연차 내고 내려갔을 거 아니에요.」

「너희 엄마가 모르게 하라고 하니까 그랬지.」

「내일 첫차 타고 갈게요.」

「그래라.」

버스표를 끊은 뒤 연차를 냈다. 과장이 뭐라 하기도 전에 연차는 쓰지만 업무가 지연되지 않게 재택근무를 하겠다고 선수를 쳤다. 그러고는 11시까지 야근을 했다. 다른 방법이 없었다.

2

새벽에 집을 나섰다. 동서울에서 버스를 타고 안동 터미널에 내려 한서행 버스로 갈아타야 했다. 몇 년 전만 해도 세 시

간에 한 대씩 다니던 버스는 이제 하루에 세 대가 전부였다. 두 시간을 기다려 탄 40인승 버스에는 영지를 포함해 승객이 겨우 여섯이었다. 오 년이나 십 년 후에는 한서로 가는 교통편이 아예 사라질지도 몰랐다. 그때부터는 가지 않는 것이 아니라 가고 싶어도 갈 수 없게 되는 것이 아닌가. 그러면 더 이상 바쁘다는 핑계를 대지 않아도 될 텐데. 영지는 그 날이 빨리 오기를 바랐다.

안동에서 한서로 가는 길은 몹시 험해 쉽게 잠들 수도 없었다. 영지는 산을 넘어가는 길에 있는 서강댐을 내려다보았다. 영지가 안동으로 고등학교를 다닐 때 매번 이 산을 넘어 다녔는데 아버지는 서강댐을 볼 때마다 본인이 고향을 잃은 듯 분개했다. 이 댐을 만든다고 마을에 살던 사람 팔십 명이 이사를 가야 했다고, 보상금을 주긴 했지만 보상금을 받았다고 해서 그 사람들이 어디 행복하겠느냐고, 고향 땅의 의미는 돈으로 환산할 수 없다고 열변을 토했다.

「노인네 한 명이 집에 두고 온 게 있다며 수몰 지역에 들어가는 바람에 물에 빠져 죽었다더라. 저수지에 시신이 떠올랐을 때 난리가 났다니까, 아주 난리가 났었다고.」

아버지도 어디선가 전해 들은 소문인 것 같았다. 그게 진짜인지는 확인할 수 없지만 아버지가 서강댐을 지날 때마다 같

은 말을 반복했기에 영지는 댐을 볼 때마다 늘 저수지 표면에 나뭇잎처럼 떠 있는 한 구의 시신을 상상하게 되었다. 시신을 떠올린 후에는 자연스럽게 또 다른 상상이 피어올랐다. 돌아갈 고향을 잃어버린 사람들은 명절이 되면 댐 앞에 모여 함께 망향제를 지낸다고 했다. 영지는 잃어버린 고향 땅을 기리며 제사를 지내는 사람들 틈에 우두커니 서 있는 자신의 모습을 상상하곤 했다.

한서가 물에 잠긴다면, 그곳이 영원히 돌아갈 수 없는 고향이라면 영지는 진정으로 자신이 태어난 땅을 사랑할 수 있을 것 같았다. 서강댐의 수위는 지금까지 영지가 본 것 중에서 가장 낮았다. 극심한 가뭄 때문일 테지. 엄마는 여름 내내 비가 오지 않아 밭에 심어 놓은 고추와 배추가 모두 말라 죽었다고 했다. 엄마는 괜찮을까. 오랜만에 고향에 간다는 부담감 때문에 정작 집에 가는 목적을 잊어버리고 있었다는 사실을 문득 깨달았다. 영지는 통장의 잔고를 머릿속으로 떠올렸다. 이번 달 용돈은 이미 보냈지만 그래도 병원비에 보태라고 몇 푼이라도 주고 와야 마음이 편할 것 같았다.

정류소에 도착하니 오후 2시가 되어 있었다. 한서 정류소는 버스 세 대를 주차하면 꽉 찰 만큼 협소한 주차장과 작은 매점이 붙어 있는 게 전부였다. 내리자마자 익숙한 냄새가 코

를 찔렀다. 풀 냄새와 희미한 축사 냄새가 뒤섞인 시골 냄새였다. 매점 평상에는 어르신들이 모여 앉아 막걸리를 마시고 있었다. 익숙한 얼굴들이었다. 그들은 버스를 타는 것도 아니면서 정류소 앞에 하루 종일 앉아 오고 가는 사람들 한 명 한 명에게 말을 걸었다. 자식들을 만나고 왔는지, 병원에 다녀왔는지, 모든 것을 알아야 직성이 풀리는 것 같았다. 아니나 다를까, 대낮부터 막걸리를 한 잔씩 걸친 어른들이 영지에게 알은 척을 해왔다.

「방앗간 집 딸내미 맞제?」

「네가 서울 산다고 했나? 집값도 비싼데 거기 네가 누워서 잘 곳이 있어? 대단하네. 네 나이가 몇이고? 결혼은 했고? 아이고, 노처녀라 부모 걱정이 이만저만 아니겠네. 네 남동생은 여기 살면서도 여자 잘만 만나더라.」

「요새는 필리핀 애 만나는가 보던데. 남동생이 먼저 갈 수도 있겠어.」

「젊은 애들은 그런 거 신경 안 써.」

「그게 낫지. 갈 사람은 눈치 보지 말고 가야지.」

사람을 앞에 세워 두고 자신들끼리 낄낄거리며 주고받는 말들을 영지는 대충 웃어넘겼다. 가만 기다려 봐라. 그래도 딸내미 왔는데 간식은 챙겨 줘야지. 매점 주인은 검은 봉지에

커피 사탕과 양갱, 새우깡을 담아서 영지 손에 들려 주었다. 거절해 봤자 소용없을 것이라는 걸 알기에 영지는 얌전하게 감사합니다, 하고 받아 챙겼다. 뒤늦게 아버지가 나타났고 영지는 차에서 내리려는 아버지를 말리며 빨리 출발하자고 재촉했다. 운전대를 잡고 있는 것을 뻔히 보면서도 어른들은 아무렇지도 않게 아버지에게 술을 권했다. 한잔 안 해? 영지가 없었다면 아버지는 그들이 건네는 사발을 넙죽 받아 마셨을 것이다.

아버지는 집에서 한 시간가량 걸리는 시의 병원에 엄마가 입원해 있다는 사실을 뒤늦게 알렸다. 그 정도로 안 좋은 거냐고 묻자 의사 말로는 다음 주 안으로 퇴원할 수 있다고 했으니 호들갑 떨 필요 없다고 말했다.

「장녀가 챙겨야지, 그렇지 않냐. 너희 엄마, 퇴원해도 한동안 거동도 어렵고 식사 챙기기도 어려울 텐데 진우 걔가 뭘 아냐.」

결국 집안일 할 사람이 필요해 영지를 불러들였다는 얘기였다. 기가 막혔지만 그래도 모르고 지나갔다가 나중에 알게 되는 것보다는 나았다. 영지가 병원에 도착했을 때 엄마는 병실에서 드라마를 보고 있었다. 6인실에는 엄마 또래의 아줌마 세 명과 할머니 두 명이 함께였다. 영지는 간이침대에 앉았다. 엄마는 오른쪽 발이 붕대로 감겨 있었다.

「의사가 뭐래?」

걱정하는 목소리에도 엄마는 당황한 표정을 숨기지 못했다. 왜 왔어, 아무 일도 아닌데, 느그 아버지는 어째 나이가 들수록 주책이다, 회사는 어쩌고 왔어. 쓸데없는 소리만 하기에 영지는 묻는 말에나 답하라고 다그쳤다.

「부러진 거야?」

그때 문득 영지는 병실의 공기가 달라진 것을 느꼈다.

「애는 아직 모르는가 보네.」

옆 침대에 있던 아줌마가 낮게 혀를 찼다. 그러자 엄마가 인상을 쓰며 눈치를 주었다. 예감이 좋지 않았다. 영지가 당장 의사를 만나겠다고 하자 엄마는 일단 나가서 얘기하자고 했다. 영지는 휠체어에 앉은 엄마와 함께 휴게실로 향했다. 엄마는 침착하게 자기 얘기를 들어 보라고 했다.

「회복만 잘하면 앞으로 걷는 데는 큰 문제 없을 거란다.」

「그러니까 어떻게 된 건데.」

「조금 잘렸다.」

「뭐가?」

「발가락이.」

심장이 바닥으로 뚝 떨어져 휴게실 바깥으로 데구루루 굴러 버린 것 같았다. 영지는 자신이 제대로 들은 게 맞는지, 엄

마의 말을 이해한 게 맞는지 알 수 없었다.

「무슨 소리야? 도대체 어쩌다가?」

엄마는 머뭇거리기만 했고, 그때 잠자코 바라보던 아버지가 말했다.

「덫에 걸렸단다.」

「덫이요?」

「족제비나 멧돼지 잡으려고 놓아둔 덫에 걸린 모양이야.」

예상치도 못한 말이라 소리를 지르지도, 비명을 지르지도 못했다. 엄마가 산짐승이나 걸리는 덫에 걸려 발가락이 잘렸다니. 요즘에도 산에 덫을 놓는다는 말인가. 아무리 시골이라고 해도.

「도대체 누가? 다치면 어쩌려고 사람 다니는 곳에 덫을 놔둬. 신고는 했어? 범인은 잡았어?」

「산주가 설치한 거지 뭐.」

「산주가 자기 산 못 들어오게 하려고 설치한 거야? 뭐 그런 사람이 있어? 미친 거 아니야?」

영지가 길길이 날뛰자 아버지는 목소리를 낮추라고 했다.

「설마 일부러 그랬겠냐. 요즘 멧돼지도 그렇고 고라니도 그렇고 산짐승이 좀 지랄 맞아야지 말이야. 동네까지 내려온다니까. 난리도 아니야.」

「그럼 엄만 멧돼지가 나오는 산에 혼자 들어갔단 말이야?
조심해야지.」

「그러게. 내가 좀 이번에 깊이 들어가긴 했어. 내 잘못이야.」

「산주는 이거 알고 있어? 사과는 받았어?」

「했지. 했지, 그럼. 사실 그날 산에 나자빠져 있는 걸 산주
어른 딸이 발견했다니까. 걔가 병원에 데리고 온 거야. 그쪽
에서 사과할 것도 없지, 사실. 내 잘못이라니까 그러네.」

영지는 엄마의 대답이 미덥지 않았다. 영지로서는 익숙한
태도였다. 일을 크게 만들고 싶지 않을 때, 일의 인과 관계를
자세히 밝히고 싶지 않을 때 엄마는 늘 자신의 탓이라고 말하
며 크고 작은 사건을 무마했다. 통렬한 후회와 자책으로 하는
말은 아니었다. 내 잘못이라는 말은, 그냥 적당히 넘어가자는
뜻과 마찬가지였다.

엄마는 영지를 설득하듯 말했다. 산주와는 아예 모르는 사
이도 아니야. 그분이 누구냐면, 아버지의 사촌 형의 사돈이
셔. 너도 얼굴 보면 알 거야. 할아버지, 할머니 장례식 때도 오
셨으니까. 고향에서 자라며 숱하게 들어온 말들이었다. 그분
은 아버지 동창의 사돈이셔. 그분은 외할아버지 팔촌의 잘 아
는 형님이셔. 아버지와 엄마는 한동네에서 나고 자라 이른 나
이에 결혼했고 영지의 친가와 외가는 가족이자 이웃으로 모

나의 살던 고향은　백온유　　　　81

두 엮여 있었다. 영지네가 손해를 볼 때는 물론이고 타인에게 피해를 끼칠 때도, 한서 안에서 발생하는 모든 일은 그런 관계 때문에 흐지부지되기 일쑤였다.

「앞으로 안 볼 사이도 아닌데, 이웃 간에 얼굴 붉히는 것보다는 원만하게 끝내는 게 낫지.」

아버지도 옆에서 거들었다. 영지는 마음을 가라앉히기 위해 노력했다. 어쨌든 사람이 사람을 공격하기 위해 고의로 벌인 일이 아니라는 말에는 동의했기 때문이었다. 지금은 엄마의 회복에 집중하는 것이 우선이었다. 덫을 놓은 사람을 처벌하는 일이나 사과를 받는 일, 보상금을 받아 내는 것은 그 이후의 문제라고 생각했다.

영지는 과장에게 메일을 보내 사정을 알리고 일주일만 재택근무를 하겠다고 말했다. 이것을 빌미로 과장이 앞으로는 더욱 거리낌 없이 자신을 부려 먹을 것이라는 걸 알고 있었다. 알고 있었지만, 다른 방법이 있는 것도 아니었다. 병실 간이침대에서 이틀 동안 잠을 잤고, 드레싱 하는 과정을 지켜보았다. 엄마의 오른발 엄지발가락은 3분의 2 정도가 절단된 상태였다. 검지 발가락과 중지 발가락도 3분의 1은 손상이 심각했다. 처음 상처를 확인했을 때, 상상했던 것보다 훨씬 참혹한 상처에 속이 메슥거렸다. 아버지가 말한 것과 달리 손

상 정도도 심하고 재활 과정도 쉽지 않을 것이란 게 의사의 소견이었다. 엄마는 병실 아줌마들과 웃고 떠들다가도 갑자기 신음을 흘리며 진통제를 찾곤 했다.

영지는 엄마가 답답해할 때마다 휠체어를 끌고 병원 밖으로 산책을 나갔다. 엄마는 회사에 가지 않아도 되느냐고 하루에도 수십 번 같은 질문을 했다. 내가 있는 게 그렇게 불편해? 빨리 갔으면 좋겠어? 영지가 묻자 엄마는 손사래를 치며 절대 아니라고 했다.

「나야 좋지. 근데 너, 항상 바쁘잖아.」

영지는 성인이 된 후로 사흘 이상 고향에 머문 적이 단 한 번도 없었다. 온갖 핑계를 대가며 새벽 첫차로 떠났던 세월이 있기에 말문이 막혔다. 요즘 바쁜 건 거짓이 아니지만 엄마가 보행 장애를 얻게 될지도 모른다는 생각을 하니 사흘 차에도 차마 발이 떨어지지 않았다. 영지는 의사가 회진을 돌 때 복도까지 따라 나가 혹시 접합 수술은 어려웠느냐고 물었다. 지방에 있는 병원이라서 믿지 못하겠다는 인상을 주지 않기 위해 애를 쓰면서. 의사는 병원으로 이송됐을 때 이미 절단된 지 시간이 많이 지난 상태였고, 오염이 심했다고 말했다.

「엄지발가락과 검지, 중지 발가락이 절단됐으니 발가락에 고르게 가해지는 힘이 줄어들어 균형을 잡는 게 어려우실 거

예요. 특히 계단 오르내릴 때 많이 힘드실 거고요. 연세도 있으시니 조심조심 걸어야 합니다. 힘이 풀리면 확 주저앉을 수가 있거든요.」

「치료 잘하면 예전처럼 걸을 수 있는 거죠?」

「현실적으로 완전 회복은 어렵다고 봐야 하고요. 그러니까 발바닥과 종아리 근육을 기를 수 있도록 꾸준한 운동 하셔야 합니다. 상처 아물면 재활 치료 꾸준히 하세요.」

영지는 의사에게 전해 들은 말을 조금 더 긍정적으로 각색해 엄마에게 전달했다. 재활 훈련을 열심히 해서 다리에 힘을 기르면 예전처럼 보행하는 데에 큰 문제는 없을 거라고. 자신이 무엇이든 도울 거고, 필요하다면 엄마를 서울에 있는 큰 병원에 데려가서라도 낫게 할 거라고. 그건 스스로에게 하는 다짐이기도 했다. 엄마는 그럴 줄 알았다고 했다. 그리고 발가락이 다섯 개면 어떻고 네 개면 어떠냐고 웃었다.

「엄만 아무렇지도 않다니까. 그나저나, 발가락에 붕대를 이렇게 감아 놓으니까 개구리 같지 않아? 앞으로 샌들은 못 신으려나. 슬리퍼 신으면 못났다고 좀 흉보겠지?」

영지는 터무니없이 가벼운 고민 앞에서 맥이 탁 풀리는 느낌이었다. 오랫동안 집을 떠나 있어 잠시 잊고 있던 사실이지만 때와 장소를 가리지 않는 이런 유의 가벼움과 대책 없는

해맑음이 영지는 매번 당황스러웠다. 왜 이런 상황에도 나만 심각할까. 자라면서 비슷한 경험을 수도 없이 했다. 한서 사람들의 공통된 특성이라고 하면 너무 과장된 생각일지 몰라도, 이곳 사람들에게는 설명할 수 없는 천진난만함 같은 게 있었다. 같은 것을 먹고 같은 풍경을 보고 자랐는데 영지에게는 없는 것이 진우에게는 있었다. 그 천진함이 있어 진우는 고향에 남았고 자신은 고향을 떠날 수밖에 없었던 거라고, 영지는 늘 생각했다.

3

내려온 지 나흘째 되던 날, 뜻밖의 손님이 찾아왔다. 영지가 간이침대에 구부정하게 앉아 업무 처리를 하고 있을 때 누군가가 안녕하세요, 하고 인사했다. 후줄근한 셔츠에 분홍색 몸뻬 바지를 입은 여자는 커다란 과일 바구니를 들고 있었는데 낯이 익은 얼굴이었다. 분명 어디서 본 얼굴인데 누구인지는 정확히 떠오르지 않았다. 점심을 먹은 후 졸고 있던 엄마는 여자를 보자마자 벌떡 몸을 일으켰다. 갑자기 몸에 힘을 주는 바람에 통증이 올라왔는지 악, 하고 비명을 질렀다. 집안의 먼 친척인지, 엄마가 다니는 교회 사람인지 알 수 없는 여자가 내미는 과일 바구니를 영지는 얼떨결에 받아 들었다.

어정쩡하게 허리를 굽히며 어떻게 오셨나요, 묻자 여자가 은은하게 미소 지었다.

「안녕하세요. 저 구상표 씨 딸입니다. 그날 제가 어머니 모시고 병원 왔어요.」

영지는 구상표가 누군지 몰라 엄마를 힐긋 쳐다보았다. 엄마가 어색한 표정으로 우물쭈물 말했다.

「느그 아부지 사촌 형의 사돈어른. 산주 어른 말이야.」

병원에 온 이는 덫을 놓은 산주의 딸이었다.

엄마는 여기서 이러지 말고 밖에 나가서 대화하자며 영지에게 자신을 부축하라고 했다. 영지는 엄마를 휠체어에 앉히고 병원 로비로 내려갔다. 엄마는 영지에게 매점에 가서 손님이 마실 커피를 사 오라고 했다. 여자가 괜찮다고 하는데도 재차 권하는 모습이, 영지 없는 자리에서 단둘이 대화하고 싶어 하는 것 같았다. 영지는 자리를 비켜 주었고 엄마는 여자와 꽤 오랫동안 대화했다. 여자는 영지보다 열 살 정도 많아 보였다. 아니, 그보다는 젊을 수도 있었다. 햇빛 아래에서 일을 하는지 까맣게 그을린 피부에 화장기가 전혀 없었는데 그 때문에 자기 나이보다 더 들어 보이는 것 같기도 했다. 그는 시종일관 차분하게 엄마의 말에 고개를 끄덕이며 수긍하는 듯 보였다. 영지는 엄마가 덫을 밟은 일을 없던 것으로 하자

고 할까 봐 걱정되었다. 선심 쓰듯 이렇게 덮을 일은 아니었으니까. 자세하게는 몰라도 벌써 수술비와 입원비로 꽤 큰 비용이 들었을 것이었다. 물론 보험이 있으니 목돈 들 일은 없을지 몰라도 앞으로의 통원 치료비와 재활 치료비, 약값으로 얼마가 들지는 모르는 일이었다. 또한 어떤 후유증이 엄마를 괴롭힐지도 알 수 없는 일 아닌가. 영지가 느끼기에 지금은 분명 협상이 필요한 순간이었다. 멀찍이 떨어져 두 사람을 지켜보던 영지가 끼어든 건 그런 조바심 때문이었다.

「소문나길 원하지 않아요. 그건 내가 부탁할게. 다들 내가 예초기 잘못 다뤄서 이렇게 된 줄 안다니까. 내가 그렇게 말했거든. 우리 동네 소문 빠른 거 알잖아. 남사스러워서 나도 조용히 넘어가고 싶어.」

「저도 이해해요, 아주머니 상황. 그런데 아시다시피,」

영지가 가까이 다가갔을 때 두 사람은 대화를 멈추고 영지를 바라보았다.

「응. 내가 사과받은 걸로 할게. 이웃끼리 뭘, 그리고 우리는 한 식구나 마찬가지고. 마음은 충분히 전달됐어. 이만 가봐.」

영지가 오자 엄마는 서둘러 여자는 보내려 했다. 여자는 영지를 돌아보더니 천천히 일어나 엄마를 향해 고개를 숙였다.

「그럼, 다음에 다시 찾아뵐게요. 몸조리 잘하세요.」

영지는 상황 파악을 위해 엄마와 여자를 번갈아 보았다. 엄마는 영지에게 이만 올라가자고 재촉하듯 말했고 여자는 어느새 병원을 빠져나가고 없었다. 영지는 자신이 얼핏 들은 내용이 의아했다. 그건 엄마가 여자에게 사정을 하는 듯한 모양새였다.

「무슨 얘기했어? 혹시 정말 마음만 받겠다고 한 거야? 마음만 받아서 될 일이냐고, 이게. 답답하게 진짜.」

「느그 아버지랑은 끝난 얘기야. 억척스럽게 얘가 왜 이래.」

영지는 여기서 실랑이를 해봤자 엄마의 생각을 바꿀 수는 없다고 느꼈다. 대신 여자가 나간 방향을 향해 뛰었다. 병원 주차장으로 나가자 여자가 1.5톤 트럭에 앉아 시동을 걸고 있었다. 차 앞을 가로막은 후 운전석 방향으로 다가가 차창을 두드리자 여자는 창문을 내리고 무슨 일이냐는 듯 영지를 바라봤다.

「잠깐만요. 저랑도 잠시 대화 좀 하시죠.」

「왜요?」

여자는 영지를 아래위로 훑어보았다. 엄마를 대하던 표정과는 사뭇 다른, 냉랭하고 무심한 얼굴이었다. 영지는 여자가 이대로 가버릴지도 모른다는 생각에 속사포처럼 말을 내뱉었다.

「무슨 말씀을 나누셨는지 잘은 모르겠지만 아마 저희 엄마는 큰일 아니니 마음 쓰지 말라고 하셨을 거예요. 이웃 간에 불편한 상황 생기는 걸 못 견뎌 하시거든요.」

「네, 뭐..」

「근데 저는 이렇게 넘어갈 일은 아니라고 생각하거든요. 아무리 고의로 그런 게 아니라고 해도요.」

「아하.」

영지는 여자의 미적지근한 반응에 속이 탔다.

「저희 어머니는 아직 자기 상황을 정확히 모르세요. 그런데, 솔직히 말씀드리면 영구적인 장애를 가질 수도 있는 상황이에요. 그래서…… 저는 이렇게 덮을 수는 없다고 생각해요.」

「그건 저랑 생각이 같으시네요.」

줄곧 무미건조한 낯으로 영지를 응시하던 여자가 갑자기 활짝 웃으며 영지를 향해 잠깐 차에 타겠느냐고 물었다. 그러더니 차 시동을 켰다.

「제가 보여 드릴 것도 있고, 부탁드릴 것도 있거든요. 사실 아까부터 영지 씨랑 대화를 하고 싶긴 했는데.」

단 몇 초 사이 손바닥 뒤집듯 태도가 바뀐 여자에게 영지는 위화감을 느꼈다.

「네…… . 근데 제가…… 이름을 말씀드렸나요?」

「아.」

여자는 잠시 곤란한 표정을 짓더니, 더 쾌활하게 웃으며 대답했다.

「손바닥만 한 동네인데 이름 아는 게 뭐가 어려워요. 그리고…….」

여자는 영지를 다시 한번 아래위로 훑어보았다.

「영지 씨는 예쁘고 똑똑하기로 유명하기도 했잖아요.」

영지는 여자의 말에 자신이 고향을 기피하는 수많은 이유 중 하나를 다시 한번 떠올리게 되었다. 다섯 살에 한글을 깨친 방앗간 집 딸. 사교육 한 번 안 시켜도 읍내 중학교에서 전교 일등을 놓치지 않은 아이. 방앗간 집 부부가 집안 기둥을 뿌리 뽑아 안동으로 유학을 보낸 아이. 그렇게 유학을 보내놨더니 더럽게 놀아 고등학교 다닐 때 임신 중절 수술을 했다는 소문이 파다했던 아이. 그게 창피해서 서울로 도망을 갔다는 아이.

「안 타세요?」

「엄마가 기다리셔서 지금은 어려울 것 같아요. 퇴원하시면 한번 뵙죠. 그리고 본인 소유의 산이라고 해도 허가받지 않은 포획 틀, 덫, 올무 설치는 모두 불법이라는 거 아시나요? 다른 피해자가 또 나올까 봐 혹시나 해서 말씀드려요.」

영지는 여자를 한 방 먹이고 싶은 마음에 자기도 모르게 그런 말까지 덧붙였다. 원래 하려던 말은 아니었다. 여자는 영지의 말을 듣고도 흔들림 없이 미소 지었다.

「재산 피해 막기 위해서 설치하는 경우는 제외예요. 이를테면 쥐 같은 거요. 쥐 잡는 건 불법 아니라고요. 영지 씨, 저희 산에 뭐가 많이 나는지 아세요?」

「글쎄요. 멧돼지가 많다고는 하던데.」

「멧돼지요?」

여자는 우스운 소리를 들은 것처럼 박수를 치며 웃었다.

「어머니께 물어보세요. 그럼, 조만간 제가 댁으로 한번 찾아갈게요.」

여자는 영지가 말할 틈도 주지 않고 창문을 올린 후 병원을 나가 버렸다. 영지는 여자의 반응에 심장이 두근거렸다. 마땅히 초조해해야 하는 것은 저쪽인데, 지나치게 당당한 태도를 고수하는 것이 기이했다. 게다가 쥐라니. 그게 무슨 뜻이지? 그때 영지의 이마에 툭, 하고 빗방울이 떨어졌다. 하늘을 올려다보았다. 한 달 만의 비 소식이었다.

4

집은 엄마의 빈자리를 광고라도 하듯 단 며칠 만에 엉망이

되어 있었다. 아버지와 진우는 바닥에 놓여 있는 잡동사니와 쓰레기들을 요리조리 피해 가며 지내고 있던 모양이었다. 영지는 진우의 얼굴을 보자마자 뒤통수를 후려갈겼다. 진우는 아프다고 투덜거리면서도 수건이 없으니 빨래부터 돌려 주면 안 되겠느냐고 뻔뻔스럽게 물었다. 영지는 밀린 빨래와 설거지를 끝내고 바닥을 쓸고 닦았다. 영지가 집에 먼저 와서 대강 정리를 하면 오후에 아버지가 엄마를 퇴원시켜 오기로 했다. 소화 기능에는 아무 문제가 없는 것을 알고 있지만 그래도 왠지 그래야 할 것 같아 영지는 엄마를 위해 죽을 끓이기로 했다. 쓸 만한 요리 재료가 있는지 살펴보니 냉동실에 얼린 굴이 있었다. 그것을 해동시키는 사이 또 다른 검은 비닐봉지를 발견해 꺼내 보았다. 신문지로 겹겹이 쌓인 것은 송이버섯이었다. 꽝꽝 언 상태에서도 향긋한 냄새가 풍겼다. 족히 삼 킬로그램은 될 것 같았다. 누구에게 선물을 받았나? 이만한 양을 돈 주고 사진 못했을 텐데. 언젠간 먹으려고 넣어둔 것일 테니 영지는 고민 없이 버섯과 굴을 넣어 죽을 끓였다. 화장실을 가던 진우가 좋은 냄새가 난다며 주방으로 오더니 뭘 만들고 있느냐고 물었다.

「좋은 거 다 넣고 끓이고 있어. 굴이랑 버섯이랑 소고기랑.」
「버섯이 아직 남아 있었나 보네? 엄마도 참.」

진우는 식탁에 남은 송이버섯을 들고 킁킁 냄새를 맡았다.

「누가 준 거야? 귀한 송이를 이렇게나 많이.」

진우는 히죽 웃더니 느물거리며 대답했다.

「누나, 궁금해? 궁금하면 엄마한테 물어봐.」

노을이 질 때쯤 마당에 차가 도착하는 소리가 들렸고 진우와 영지는 마당으로 나갔다. 진우는 엄마를 업어서 거실 소파에 앉혔다. 아버지는 휠체어와 목발을 현관 앞으로 옮겼다. 엄마는 당분간은 집에서도 휠체어를 타야 했다. 소파에 앉아 집을 둘러보며 엄마는 환기를 좀 하라는 둥 옷을 개라는 둥 잔소리를 늘어놓았다. 거의 아홉 달 만에 네 가족이 둘러앉아 식사를 했다. 엄마는 냉동실에 있던 송이버섯으로 죽을 끓였다고 하니 안색이 변해서 그것을 왜 꺼냈냐고, 아까워 죽겠다고 했다.

「밤조림이랑 같이 너한테 보내려고 몇 개 빼놓은 건데 그걸로 죽을 끓여?」

「몇 개 안 썼어. 같이 먹었으면 된 거지. 근데 누구한테 받은 거야?」

「받긴, 그걸 누구한테 받아? 딴 거지.」

엄마는 대수롭지 않게 대답했다가 아차, 하는 표정으로 아버지의 눈치를 보았다. 영지는 그것을 놓치지 않고 보았다.

아버지는 모르는 척하고 계속 죽을 떠먹었다. 영지가 엄마를 바라보자 엄마는 수습하듯 말했다.

「산에 갔다가, 그게 눈앞에 있길래 따왔지. 진짜 송이버섯인가 싶었는데 정말이더라고. 운이 좋았지.」

「주인 있는 산에서 따온 거네. 훔친 거잖아, 그럼.」

영지는 문득 여자가 자신에게 한 말이 생각났다. 자신의 산에서 무엇이 많이 나는지 알고 있느냐는 말. 설마 버섯을 말한 걸까. 엄마가 버섯을 훔친 사실을 여자가 알고 있다면 어떻게 되는 걸까.

「말을 해도 꼭 그렇게 하더라. 시골 인심이 어디 그러냐? 여기가 서울인 줄 알아? 여기는 네 것 내 것 없이 그냥 같이 먹고 쓰고 하는 거야. 너도 여기서 나고 자랐으면서 그렇게나 몰라.」

엄마는 횡설수설하다가 영지에게 뭣도 모른다는 듯 되려 핀잔을 줬다. 그 말을 듣고 있자니 정말 문제 될 건 하나도 없는 것처럼 느껴졌다.

저녁에는 약속이라도 한 듯 이웃들과 교인들이 차례로 방문해 복숭아와 포도, 고추와 옥수수, 고구마와 밑반찬 같은 것들을 잔뜩 부려 놓고 갔다. 현관문을 두드리는 소리에 나가보면 그새 어디서 전해 들었는지 퇴원했다는 소식을 듣고 왔

다고 했다. 영지는 그날 저녁에만 열 잔이 넘는 커피를 타서 내갔다. 오랜만에 내려온 영지를 보고 어른들이 하는 잔소리는 한 귀로 듣고 한 귀로 흘렸다.

「추석도 지났는데 예초기는 왜 들고 설쳤어, 그래?」

「마당에 풀 깎는다고 그랬지.」

「우리 다 진우 엄마 걱정했어. 병문안 간다고 해도 오지 말라고 하지, 큰일 난 줄 알았다니까. 앞으로 당분간은 앉아서 지내야 되는 거야?」

「그렇지, 뭐. 그래도 치료하면 걷는 데는 문제 없다고 그랬어. 우리 딸이 자기가 다 고쳐 준대. 서울에 있는 병원 가면 더 빨리 낫는다고.」

「그래도 딸이 최고긴 하네.」

「딸이 최고지.」

「그럼, 우리 내년에 베트남 가기로 한 건 문제없는 거지?」

「그럼, 그럼.」

「우리가 당분간 밑반찬은 챙겨다 줄게. 밥은 걱정 말아. 진우 아버지랑 진우 식사는 챙겨야지.」

「고마워서 어쩔까나.」

영지는 과일을 깎고 커피를 타는 동안 거실에서 오고 가는 소리를 주방에서 듣고 있었다. 엄마는 저런 관심과 애정이 소

나의 살던 고향은　백온유　　　95

중해 한서를 떠나지 못하는 거겠지. 영지는 한서의 모든 것을 혐오하는 건 아니었다. 한서 사람들은 때론 이렇게 인정이 넘치고 다감하며 이웃의 일을 자기 일처럼 염려한다.

「영지는 요즘 서울에서 뭐 해?」

「직장 다니지.」

「결혼 소식은 없고?」

「알아서 하겠지, 뭐. 요즘 애들은 다 천천히 하는가 봐.」

「책잡혀서 그런 건 아니고?」

「무슨 그런 소리를.」

영지는 엄마의 목소리가 점점 자신감을 잃고 작아지는 것을 느꼈다.

「축협에서 일하는 총각 건실하던데 내가 다리 한번 놔봐? 여기서 애 낳고 살면 좋잖아.」

「영지가 애 낳으면 한서에서 몇 년 만에 애가 태어나는 건데, 나라에서 돈도 많이 줄걸.」

「그런가?」

엄마는 교회 권사의 말에 솔깃한 눈치였다. 한서 사람들은 늘 인정이 넘치고 따뜻하며 동시에 무신경하고 몰개성하다.

「영지가 한서에서 애 낳으면 고생 끝 행복 시작이지. 돈은 나라에서 다 대줄 거고 애는 우리가 돌아가면서 봐줄 텐데.

걱정할 게 뭐가 있어.」

「생각만 해도 설렌다. 우리도 애 좀 구경하자.」

이웃들은 이미 결혼이 성사된 듯 상상의 나래를 펼쳤다. 한 아이에게는 온 마을이 필요하다고들 하지. 그러나 영지에게는 온 마을이…….

영지는 사과를 깎으며 손을 베지 않도록 조심했다.

도시 생활이 고단할 때면 그런 상상을 해보지 않은 것은 아니었다. 한서에는 빈집이 많았다. 태어나는 아이는 없고 노인들은 매년 죽어 나가니 방치된 집이 영지네 집 근처에도 몇 채나 되었다. 당장 내일 그 빈집에 들어가서 영지가 산다고 하면 누가 그것을 막을 것인가. 집세를 내지 않고 관리만 해 줘도 소유주들은 반길 것이다. 가까운 과수원에서 사과를 따 먹고 뒷집 배추로 김치를 담고, 옥수수밭에서 옥수수를 삶아 먹는다면 수입 없이도 몇 개월은 거뜬히 버틸 수 있을 것이다. 심지어 복숭아를 몇 자루 몰래 따서 장날에 내다 판다고 해도, 그걸 과수원 주인이 알게 된다고 해도 몇십 년간 영지를 보아 온 어른은 아마 몇 번쯤은 눈감아 줄 것이다. 아무리 한서가 진절머리 난다고 해도, 영지에게는 그런 이상한 믿음이 존재했다.

그날 밤, 영지는 엄마와 나란히 누워 천장을 바라보며 물

었다.

「엄마, 나랑 같이 서울 가서 살래?」

「아니.」

엄마는 단칼에 거절했다.

「왜? 아까 아줌마들한테는 서울 사는 딸 자랑했으면서. 계속 같이 살자는 게 아니라, 몇 개월만 같이 살자. 가서 나랑 같이 병원 다니면서 치료도 하고 서울 구경도 하고, 그러고 싶지 않아?」

「엄마는 서울 싫어. 공기가 더럽잖아. 사람들도 못됐고.」

「나도 서울 사는데, 그럼 나도 못됐어?」

엄마는 한참 동안 말이 없었다. 영지는 한서에 내려올 때마다 사흘 이상 머물지 않았고, 엄마는 서둘러 떠나는 영지를 말리지 않았다. 영지가 이번 휴가 때는, 이번 명절 때는 못 갈 것 같다고 둘러대면 무리해서 내려올 것 없다고 말했다. 왜였을까. 영지는 궁금하지 않던 것이 갑자기 궁금해졌다.

「그건 아니지만, 왜, 혼자 사니까 심심해? 그러니까 빨리 결혼을 하라니까 그러네.」

엄마는 그렇게 말한 후 영지에게서 등을 돌렸다. 그러곤 삼십 초도 되지 않아 코를 골았다. 영지는 한참을 뒤척이다가 푸르스름한 새벽빛이 밝아 올 때쯤 겨우 잠들었다.

5

영지는 자전거를 타고 심부름을 하러 갔다. 이웃들이 가져온 밑반찬으로 아침과 점심을 해결하긴 했지만 엄마는 저녁으로 된장찌개와 육전을 먹고 싶다고 했다. 엄마는 병원에서는 화장실까지 부축해 달라 말하는 것도 어려워하더니 이제는 가만히 앉아 리모컨 가져와라, 매실청 타와라, 사과 깎아와라 아무렇지도 않게 영지를 부리고 있었다. 동네에 하나밖에 없는 하나로마트에서 차돌박이와 애호박, 우둔살, 찹쌀가루, 그리고 맥주를 담아서 집으로 향했다. 영지는 좁은 시골길을 자전거로 달리며 언젠가 이 길을 걸었던 기억을 곱씹었다. 지금은 아주 좁은 길이라도 농기계가 지나가기 편리하도록 모두 아스팔트가 깔려 있지만 이십 년 전만 해도 흙길과 아스팔트 길이 반반이었다. 띄엄띄엄 가로등이 있었기에 밤길을 걸을 때면 영지는 두려움에 떨었다. 그때는 개들을 풀어놓고 키우는 집이 많아 덩치가 큰 개들이 거리를 활보하기도 했고, 개구리나 두꺼비가 갑자기 튀어나오면 혼비백산해 전력으로 집까지 질주한 적도 많았다. 논밭을 지날 때 영지를 알아보는 어른들을 서너 명 만났다. 그들은 정말 이상했다. 하나도 변하지 않고 모두 그대로였다. 이미 십 년 전, 이십 년 전에도 늙은 사람이었기 때문일까. 영지의 시간만 다르게 흐

르고 있는 것 같았다.

초등학교 3학년 때였다. 그날은 비가 추적추적 내리고 있었다. 우산을 가지고 오지 않아 그 비를 쫄딱 맞고 걸어가고 있을 때, 영지 앞에 차가 멈췄다. 아는 차였다. 흰 색깔 포터는 영지네 이웃인 과수원집 아저씨의 차였다. 자그마한 키에 인자한 얼굴. 영지가 인사하면 사과나 배를 건네던 아저씨였다. 집까지 데려다주겠다는 말에 영지는 고민 없이 올라탔다. 어린 시절부터 잘 알고 지낸 어른이니까. 집으로 가는 길은 직선거리로 불과 삼백 미터 정도였다. 그 길 위에서 영지는.

영지는 바람을 가르며 자전거 페달을 더 세게 굴렀다. 이제는 가로등이 오십 미터에 하나씩으로 늘어 예전보다는 어둡지 않았다. 길에 아스팔트가 깔려 있어 자전거 속도도 빨랐다. 길 양옆에는 황금빛으로 익은 벼들이 흔들리고 있었다. 곧 추수할 벼들은 낱알이 통통하게 여물어 모두 고개를 숙이고 있었다. 추수를 다 하고 나면 논바닥에는 하얀색 마시멜로가 켜켜이 쌓일 것이다. 영지는 그 풍경이 좋았다. 그건 정말 사랑할 만한 풍경이었다. 아마 그것까지는 보고 갈 수 없겠지. 조금 아쉽다는 생각을 하고 있을 때 뒤에서 차 소리가 났다. 흘긋 돌아보니 빠른 속도로 달려오는 트럭이 보였다. 영지는 자전거 핸들을 꺾어 도롯가로 바짝 붙어 달렸다. 그런데

트럭은 영지를 보지 못한 것처럼 속도를 늦추지 않고 맹렬한 속도로 달려오고 있었다. 도로 폭이 좁아 자칫하면 치일 위험이 있었다. 갑작스러운 공포에 영지는 살이 떨렸다.

트럭을 피하려 핸들을 꺾는 순간, 영지는 순식간에 논두렁으로 처박히고 말았다. 아, 눈을 뜨니 영지는 고꾸라진 채로 하늘을 보고 있었다.

잠시 후 트럭에서 내린 사람이 영지에게로 다가왔다.

「괜찮으세요?」

저절로 신음이 나오긴 했지만 벼가 쿠션 역할을 해준 덕분에 큰 부상은 면한 것 같았다. 온몸은 진흙투성이였다. 영지는 몸을 일으켜 운전자를 쏘아보았다. 그곳에는 이틀 전 만났던 여자가 자신을 내려다보고 있었다. 산주의 딸이었다.

6

영지는 식탁에 앉은 채 무표정으로 집 안을 훑어보았다. 빨래걸이에는 남자의 팬티와 러닝셔츠가 한가득 널려 있었다. 열린 문틈으로 보이는 안방에는 환자용 침대가 있었다. 발만 보이는 것으로 보아 그곳에는 사람이 누워 있는 듯했다. 인사를 해야 하는 게 아닌가 싶었지만 여자가 권하지 않아 영지도 잠자코 있었다. 싱크대에는 설거짓거리가 그대로 담겨 있었

다. 양을 봐서는 며칠째 그대로 쌓아 둔 듯했다. 집에는 희미한 분변 냄새와 설명하기 어려운 퀴퀴한 냄새가 고여 있었다. 창문을 열고 싶었지만 여자는 전혀 아무렇지 않아 보여 어쩔 수 없이 참아야 했다. 영지는 낯선 이의 집에 무작정 발을 들였다는 생각에 심장이 빠르게 뛰고 손바닥에 땀이 배어 나왔지만 당장 빠져나갈 방법은 떠오르지 않았다. 그리고 중요한 건, 그가 허튼소리를 하고 있다는 생각이 들지는 않는다는 것이었다.

논두렁에서 만난 그는 영지에게 한 장의 사진을 보여 주었다. 영지가 이게 무슨 짓이냐고 악을 쓰기 직전이었다. 여자가 영지의 눈앞에 들이민 그것은 CCTV를 캡처한 화면이었다. 조금 높은 곳에서 아래를 내려다보고 있는 각도였다. 화면 속의 사람은 모자를 쓰고 있었고 빨간색 소쿠리에 작은 버섯들을 담아 품에 안고 있었다. 그 사람은 모자를 쓰고 있어서 얼굴이 전혀 보이지 않았지만, 직감적으로 영지는 알 수 있었다. 화면 속 사람이 엄마라는 것을. 눈, 코, 입 그 어느 것도 확인할 수 없었지만 엉거주춤한 자세와 그가 입고 있는 주황색 바람막이는 부인할 수 없게도 엄마의 그것이었다.

「녹차 드시겠어요, 커피 드시겠어요?」

「커피요.」

「따뜻하게요, 차갑게요?」

「아이스로요.」

여자는 찬장에서 찻잔을 꺼내어 믹스커피를 타왔다. 냉커피라고 하지만 얼음이 없어서 미지근했다. 영지는 별말 없이 그것을 마셨다. 본능적으로 자신이, 그리고 자기 가족이 을의 위치에 놓였다는 사실을 깨달은 탓이었다. 그래서 그의 심기를 거스르지 않기 위해 자신도 모르게 노력하고 있었다.

「아까 봤던 화면 다시 한번 볼 수 있을까요.」

「그래요.」

여자는 영지에게 휴대폰을 건넨 후 커피를 후룩 소리를 내어 마셨다. 영지는 그가 자신을 뚫어지게 쳐다보고 있다는 사실을 알면서도 일부러 그쪽으로는 눈길을 주지 않았다.

「짐작되는 게 있나 봐요? 설명해 달라고 하지 않는 거 보니. 순순히 따라온 것도 그렇고.」

영지는 자신이 애써 모른 척하려 했던 부분이 결국 문제가 되었다는 사실을 깨달았다. 역시 버섯이었던 것인가. 하지만 최선을 다해 발뺌했다.

「아니요. 잘 모르겠어요. 근데 솔직히, 이 사람은 저희 엄마 같긴 해서요. 설명을 들어 보고 싶었어요.」

「신기하네. 난 CCTV로 처음 봤을 때 범인이 남자인지 여

자인지, 젊은이인지 늙은이인지조차 구분이 안 됐거든요. 얼굴을 워낙 꽁꽁 싸매고 있어서.」

영지는 대꾸 없이 여자를 바라봤다.

「우리 아버지가 나한테 그 산 관리를 맡겼거든. 저기 안방에 누워 계신 분요. 그 산에 우리 조상님들이 묻혀 있어요. 고조할배 고조할매, 증조할배 증조할매 등등이요. 조상신이 돌봐 주셔서 그런가 오 년 전까지만 해도 그 산에서만 일 년에 삼천만 원 이상을 벌어들였어요. 근데 최근 삼사 년 동안은 버섯이 씨가 말랐거든요. 왜 그런 거 같아요?」

「글쎄요.」

여자가 거기까지 말했을 때 영지는 자신이 이미 답을 알고 있다는 사실을 깨달았다. 하지만 그것을 입 밖으로 꺼낼 수가 없었다. 식은땀이 등줄기를 타고 흘러내렸다. 논두렁에 곤두박질칠 때만 해도 멀쩡하다고 생각했는데 뒤늦게 후유증이 오는 건지 온몸이 욱신거리기 시작했다.

여자는 머리를 긁적거리더니 어디서부터 얘기해야 하나, 하며 말을 늘렸다. 그리고 영지의 눈앞으로 손가락 다섯 개를 폈다.

「5?」

「이게 뭘 거 같아요?」

「모르겠어요.」

「피해 금액이요.」

5라니. 영지는 여자가 일부러 자신을 놀리듯이 애매하게 행동하는 것을 모르지 않았지만 그것을 꼬집을 수 없었다.

「오십, 가지고 이러시는 건 아닐 테고, 오백만 원인가요?」

여자는 빙그레 웃었다. 아니라는 것을 이미 알지 않느냐는 듯한 웃음이었다. 영지는 자신의 손을 펼쳐 오라는 숫자를 만들었다. 그것을 내려다보며 자신이 상상할 수 있는 가장 큰 금액을 내뱉었다.

「천오백만 원이요?」

그 순간 여자가 주먹으로 식탁을 쾅 내리쳤고 영지는 깜짝 놀라 작게 비명을 질렀다. 여자가 식탁을 내리치는 바람에 커피가 반쯤 쏟아졌다. 영지는 그것을 닦으려 허둥지둥 휴지를 찾았다.

「앉아요.」

영지가 다시 얌전히 앉자, 여자가 말했다.

「오천만 원이요.」

「설마요.」

「설마가 사람 잡잖아.」

영지는 말도 안 된다고 생각했다. 이건 말도 안 되는 일이

라고. 여자가 엄마에게 누명을 씌우는 게 분명했다. 오백만 원이면 몰라도 오천만 원은, 엄마가 저지를 수 있는 일의 규모가 아니었다. 그리고 오천만 원 정도라면, 그 정도의 돈이 집에 생겼다면 티가 나야 하는 것 아닌가. 영지의 집은 예전이나 지금이나 늘 고만고만한 경제 규모를 유지하고 있었다. 그때 영지의 뇌리를 스치는 기억이 있었다.

「그럴 리가 없어요.」

「그렇게 믿고 싶겠죠. 아무리 버섯을 훔쳐 봤자 오천만 원이 말이 되나, 그렇게 묻고 싶을 거야.」

여자는 휴대폰으로 CCTV 캡처 화면을 보여 주었다. 상단에는 2024, 2023, 2022년도가 적혀 있었다.

「CCTV 증거 영상 내가 압축해서 보내 드릴게요. 눈으로 직접 확인하세요.」

여자가 염려 말라는 듯이 영지를 향해 산뜻하게 말했다. 영지는 덫에 걸린 쥐의 기분으로 아연하게 여자를 바라봤다.

「사 년 동안 우리 산을 쑥대밭으로 만들었어요, 영지 씨 어머니가요. 아, 오천만 원에서 CCTV 설치 비용은 뺀 거예요. 알아두라고요. 근데 정말 잘 피해 다니시더라고요. 잠복해 있을 때는 아예 안 나타나시고. 진짜 귀신같으셔요.」

영지는 눈을 질끈 감고, 한숨을 참듯 말했다.

「당장 전부를 갚는 건 힘들어요. 그건 선생님도 아실 거예요. 일단 일부만 먼저 돌려드려도 될까요. 신고는 하지 말아주세요.」

「내가 바라는 건 그게 아닌데요.」

영지가 의아한 눈으로 바라보자 여자는 해맑은 얼굴로 영지를 바라보았다. 또 저 얼굴이다. 영지가 두려워하는 한서 사람들의 얼굴.

「돈을 갚으라는 얘긴 꺼낸 적도 없잖아요, 내가. 왜 앞서가고 그래요」

7

영지는 이 년 전에 엄마에게 돈을 빌린 적이 있었다. 전세 사기가 판을 치던 상황에, 큰돈을 타인에게 맡기고 노심초사하며 살 바엔 차라리 집을 사자고 마음먹었고 서울 외곽에 작은 원룸을 봐두었다. 대출을 육십 프로 받았지만 그래도 이천만 원 정도가 비던 상황이었다. 큰 기대 없이 물어봤는데 엄마는 아버지에게는 비밀로 하라며 이천만 원을 보냈다. 잔금 치르기 이 주 전의 일이었다. 제삼 금융권에서라도 돈을 빌려야 하나 생각하며 발을 동동 구르고 있던 상황이었다. 무슨 돈이냐고 물을 겨를도 없이 계약을 끝내고, 모든 것이 정리되

고 나서야 무슨 돈이었냐고 엄마에게 물었다. 사실 영지는 계약이 끝나기 전까지 돈의 실체를 알고 싶지 않았다. 엄마는 쌈짓돈이라고 했다가, 엄마에게 그런 비상금이 어디 있느냐고, 말이 되는 소리를 하라고 영지가 다그치자 한참 만에 입을 열었다.

「미수가 찾아왔었어.」

수화기 너머의 목소리가 너무 은밀해서 영지는 그가 엄마의 숨겨진 애인이라도 되는지 잠깐 엉뚱한 상상에 빠졌다. 미수가 누군지 기억을 더듬다가 영지는 〈그〉 미수 이모를 말하냐는 게 맞냐고 되물었다. 미수 이모는 엄마의 삼십 년 지기 친구이자, 이십 년 전에 엄마의 돈 삼천만 원과 이웃들의 돈 육 억을 들고 잠적한 한서면 희대의 범죄자였다. 그가 동네 주부 절반 정도가 가입해 있었던 계 모임의 계주였기 때문에 한때 동네에 광풍이 몰아쳤다. 미수 이모가 어딘가에 출몰했다는 풍문이 돌기만 하면 아줌마들은 원정대를 꾸려서 서울이고 광주고 부산이고 그를 찾으러 다녔는데 언제부턴가 그 또한 시들해져 이제는 과거의 이야기가 되었다. 솔직히 지금은 미수 이모의 얼굴도 흐릿하지만 영지는 이상하게 그때, 이모가 잡히지 않기를 내심 바랐다. 이모 때문에 엄마와 아빠가 싸우고, 동네 사람끼리 얼마를 받았니, 이번에는 내 차례였

니, 운 좋게 곗돈을 탄 사람들이 양심껏 피해자들에게 나눠 줘야 한다느니 하며 싸울 때도, 그런 균열을 일으킨 미수 이모가 영지는 밉지 않았다. 조용한 마을에 폭탄을 던지고 간 이모를 생각하면, 슬그머니 웃음이 터지기도 했다. 이건 영지가 너무 이상한 인간이라는 증거겠지. 영지가 아는 한 미수 이모는, 한서에 속한 사람 모두를 배반하고 버린, 유일한 사람이었다. 아무튼 엄마는 그 미수 이모가 아닌 밤중에 집에 몰래 들렀더라고 했다.

「밤중에? 정말?」

「그래. 밤중에 말이야. 정희야, 정희야, 정희야, 나를 귀신처럼 그렇게 부르더라니까. 어찌나 깜짝 놀랐던지.」

「동네 사람들 몰래 그 이모랑 연락하고 지냈어?」

「무슨. 그랬으면 내 돈부터 내놓으라고 했겠지. 내가 그 돈 날리고 느그 아버지한테 시달린 세월이 얼만데. 경제권도 뺏기고 지금까지 용돈 타 쓰는 거 몰라서 그러냐?」

「아니, 그래서? 그 이모는 어떻게 그렇게 감쪽같이 증발했대?」

「세상에 어디 섬에 들어가 있었다더라.」

「자기 딸이랑?」

「딸이랑.」

「그럼, 엄마 말이 맞았네? 그 이모는 분명 놓고 온 딸 때문에 그랬을 거라고 했잖아. 딸이랑 살려고 도망친 게 분명하다고.」

「그랬지. 그래도 미수가 나를 잊지 않고 온 걸 보면 그년도 마음이 편치는 않았던 거야.」

「그래서 정말 돈을 갚았다고?」

「그렇다니까.」

영지는 그 당시, 엄마의 표정을 읽을 수 없었기 때문에 그 당당한 목소리에 그만 넘어가고 말았다.

「엄마 돈만? 왜? 그 아줌마 때문에 그 좁은 동네에 파탄 난 가족이 몇인데. 무서워서 도저히 낮에는 못 왔나 보지?」

「내가 비밀을 지켰잖아. 숨겨 놓은 딸이 있다고, 아들도 남편도 모르는 피붙이가 있다고 나한테만 말했는데, 그걸 미수 찾으러 다니는 계원들한테도 내가 비밀로 해줬잖아.」

「나한테는 얘기했으면서?」

「네가 남이냐. 너는 나지. 너한테 말한 건 그냥 혼잣말한 거지.」

영지는 그 말이 좋기도 하고, 징그럽게 느껴지기도 했다.

「어쨌든 내가 그년을 너무 많이 안 미워하고, 어디서 살든지 건강하기를 바라다보니까 정성이 하늘에 닿았는지 미수

가 나한테 선물을 준 거지.」

「선물은 무슨 선물이야? 이십 년 전에 삼천만 원이면 예금에만 묶어 놨어도 이자가 얼만데.」

「아무튼 잔말 말고 느그 아버지한테는 비밀로 해. 너한테 보낸 이천만 원, 혼수 미리 당겨서 준 거다.」

그 돈으로 하여금 영지는 얼마나 안도했던가.

영지는 그때 미수 이모가 돌려준 돈 삼천만 원을 엄마가 〈선물〉이라고 표현했던 이유를 이제는 알 것 같았다. 엄마는 산에서 찾은 버섯을 미수 이모를 용서한 자신에게 하늘이 내린 선물이자 은혜라고 생각(하기로)한 것이다. 얼마나 간편한 치환인가.

8

「선생님, 뭘 원하세요?」

「그러고 보니, 아직 제가 이름도 얘기 안 했네요. 제 이름 구정은이에요. 서운중 나왔고요. 영지 씨보다 두 살 많고.」

구정은. 그는 영지의 중학교 선배였다. 나이는 생각했던 것보다 훨씬 젊었으나 나이를 들어도 그가 제 나이로 보이지는 않았다.

「이런 얘기 저한테 왜 하시는 건지 잘 모르겠어요.」

「저는 영지 씨한테도, 아주머니한테도 별로 유감없어요. 일이 이렇게 돼서 저도 안타까워요.」

「무슨 뜻으로 하시는 말인지 정말 모르겠어요.」

「아주머니는 지금까지, 정말 잘 해주셨어요. 가을만 되면 저희 산에서 버섯 싹쓸이해 가시느라 꽤 힘드셨을 거예요.」

이건 조롱인가. 조롱임이 분명할 텐데 구정은의 얼굴에서는 그런 기색이 보이지 않았다. 영지는 대화의 갈피를 잡을 수 없어 숨이 턱 막히는 것 같았다.

「아버지가 파킨슨병에 걸린 후로 저는 그 산이랑 논이랑 밭을 삼 천 평이나 관리하고 있어요. 아버지가 몇 년 전까지는 그래도 지팡이 짚고 걸어 다니셨는데, 이 년 전부터는 거의 침대 생활만 하세요. 집안 어른들은 제가 병간호 못해서 아버지가 급격하게 안 좋아지셨다고 제 욕 하시는데, 저는 그거 아니라고 생각해요. 버섯 도둑이랑 숨바꼭질하시느라 화병 나셔서 그런 거예요. 저거 보세요. 지금은 아예 식사도 혼자서는 못하신다니까요.」

구정은은 쿡쿡거리며 웃음을 터뜨렸다. 안방 문은 열려 있었다. 아버지의 사촌 형의 사돈어른인 구상표 씨는 의지를 완전히 잃은 상태일까. 아니라면 이 대화를 모두 듣고 있을 텐데. 그래도 구정은은 이렇게 아무 상관 없다는 듯이 구는 걸

까. 영지는 구정은이 두렵고 섬뜩했다. 무엇을 요구할지 몰라 차라리 돈을 갚고 싶은 심정이었다. 쉬운 일은 아니겠지만, 오 년, 혹은 십 년을 나눠서 갚으면 불가능한 일도 아닐 것이다. 일단은 아버지에게 알려야 했다. 그러다 문득, 아버지도 이 일을 알고 있는 게 아닌가 하는 의심이 들었다. 진우 또한. 송이버섯을 발견했을 때 진우는 엄마에게 물어보라고 하지 않았던가. 모두가 알면서도 눈감았던 것이라면.

「일단, 가족들과 상의를 좀 해볼게요. 절대로 그냥 봐달라는 건 아니에요. 한 번에 갚지는 못하겠지만, 손해 끼친 부분은 꼭 배상하겠습니다.」

「돈을 바란 게 아니라고 했잖아요. 저는 그 산이 쑥대밭이 되길 바랐어요. 아주 오래전부터요. 그러면 저도 이 동네에서 벗어날 수 있을 것 같았거든요.」

영지는 눈을 크게 뜨고 구정은이 토하듯 내뱉은 말을 차분하게 곱씹었다.

「아버지는 버섯 수확량이 계속 줄어드는 게 도둑 때문이라고 확신하셨어요. 송이버섯 도둑을 잡겠다고 업자를 불러 산 곳곳에 CCTV를 달았죠. 계속 증거를 잡지 못했는데 지지난해 CCTV에 아주머니가 잡힌 거예요. 저는 산을 관리하다 보니 침입자가 있다는 걸 진작 알고 있었지만 적극적으로 잡지

않았어요. 오히려 버섯이 씨가 말라서 아버지가 산 관리에 손을 떼길 바랐어요.」

「왜요?」

「버섯이 날 때까지는, 아버지는 그 산을 포기 못 하실 거예요. 그리고 저도 놓아주지 않으실 거고요. 그 산이 초토화가 되기 전까지는요. 근데, 그건 제 손으로는 못하는 일이죠. 그러니까 영지 씨.」

영지는 아무 대답도 하지 않았다.

「영지 씨.」

대답을 하면 그가 원하는 일을 해야 할 거라는 확신이 들었다.

「어머니 일은 정말 미안해요. 아버지가 제가 모르는 사이에 덫을 설치하셨을 거라고는 상상도 못 했어요. 재작년에 설치한 덫인데 올해 어머니께서 밟으신 거예요. 운이 정말 안 좋으셨어요. 제가 미리 알았다면 치웠을 거예요.」

「그래서요?」

「영지 씨. 그 산을 태워 주세요. 잿더미로 만들어 주세요. 제가 영지 씨 신고할 일은 없을 거예요. 그 산을 태우면 저한테 오천만 원을 갚아야 할 일도 없을 거예요.」

영지는 눈앞이 캄캄해지는 기분이 들었다. 한서는 정말 끔

114

찍한 곳이야. 한서에 사는 인간들은 다들 이렇게 끔찍해. 한
서에 살면 모두 끔찍해지는 건가.

「거절한다면요?」

「저는 이 증거 자료를 가지고 바로 파출소로 가서 영지 씨
어머니를 신고할 거예요. 방금 생각난 건데, 뉴스에도 제보하
는 게 좋겠어요. 사 년에 걸쳐 오천만 원어치 송이버섯을 불
법 채취한 주부. 파킨슨병 환자의 재산을 털었다는 정보까지
추가로 제보하면 더 파렴치범으로 낙인찍히지 않을까요? 하
루 정도면 소문은 금방 퍼지겠죠. 영지 씨 어머니가 고개 들
고 살 수 있을까요?」

무슨 수를 써도 구정은의 마음을 돌릴 수는 없을 것이다.
그 사실을 받아들이고 나니 갑자기 마음이 차분하게 가라앉
았다. 그리고 문득 구정은이 바라는 것과 자신이 바라는 것이
비슷한 방향이 아닌지, 그런 엉뚱한 생각도 하게 되었다. 구
정은의 그을린 얼굴, 기미와 주근깨가 영지의 눈에 들어왔다.
구정은의 검은 눈동자는 평화롭다고 느낄 만큼 가라앉아 있
었다. 그 순간 불현듯 그를 어디서 보았는지 깨닫게 되었다.

「정은 씨 봤던 기억이 나네요.」

「고등학교 졸업하고 터미널에서 아르바이트했어요. 매표
소 아르바이트요. 지금은 여기도 키오스크 기계로 바뀌었지

만, 몇 년 전까지만 해도 다 사람이 발권해 줬거든요. 한 번도 눈을 안 맞춰 줘서 영지 씨는 모를 줄 알았는데.」

「거기서 버스를 수백 번 탔으니까, 모를 수 없죠.」

방금까지도 까맣게 잊고 있었으면서 영지는 궁색하게 말했다.

「영지 씨가 부러웠어요. 모르는 사이인데도, 아니 저는 오래전부터 영지 씨를 알았지만, 영지 씨는 나를 모르니까, 그게 좀 서글프기도 했어요. 영지 씨는 어딜 매번 저렇게 나가나. 어딜 저렇게 멀리 가나. 늘 궁금했어요. 여기는 내 나이 또래 여자가 별로 없고, 내가 아는 사람 중에 한서에서 가장 자주, 멀리 나간 사람은 영지 씨라서 저는 영지 씨가 늘 궁금했어요. 영지 씨 아버지는 항상 영지 씨를 터미널까지 바래다주셨죠. 영지 씨를 실은 버스가 떠난 후에도 손을 흔들고 배웅해 주시는 영지 씨 아버지를 보면서, 나는 영지 씨를 질투하고, 내가 영지 씨라면 얼마나 좋을까 생각했어요. 나는 영지 씨가 안동이요, 동서울이요, 할 때마다 그 표를 끊어 주면서 할 수만 있다면 엉뚱한 표로 바꿔치기해 버리고 싶었어요. 저 멀리 여수로, 강화도로 보내 버리고 싶다는 생각도 했어요. 낯선 곳에 내려서 허둥지둥할 영지 씨를 상상하면 기분이 조금 좋아졌어요. 그러면 영지 씨도 나랑 비슷한 기분을 느끼겠

116

구나, 싶어서요. 난 여기서 내내 그런 기분을 느꼈거든요. 내 내 낯설고 외로웠거든요. 늘 헤매고 있었거든요.」

언제부터였을까. 영지는 이 땅에 들어오기만 하면 제대로 잠들지 못하고 불안해졌다. 그런 사람이 나 말고 또 있었다 니. 영지는 자신이 누군가에게 동경의 대상이기를 바랐다. 더 솔직하게 말하자면 우러름을 받고 싶었다. 그런 이유로 분교 였던 초등학교에서 읍내 중학교로, 두 시간 거리의 안동으로, 한 걸음 한 걸음 기어 올라갔다. 기대를 한 몸에 받으며. 그런 데 한순간에 굴러떨어졌다. 그건 손쓸 틈도 없이 벌어진 일이 다. 수습하는 과정은 기억에 없었다. 그 후 줄곧 나락에 있었 다고 여겼다. 그러나 누군가가 먼 곳에서 자신의 삶을 부러워 했다고 하니, 자신의 비루한 삶이 순식간에 몇 단계나 격상되 는 느낌이 들었다. 가지 못했던 곳에 이미 도달한 듯한 착각 이 들기도 했다. 살면서 두어 번 마셔 본 보드카를 삼켰을 때 처럼 뱃속에서 열이 끓어오르고, 가슴과 식도까지 불이 붙는 것 같았다. 엄마의 버섯값을 갚기 위해서가 아니라, 여자를 구원해 주기 위해서라도 산을 불살라야겠다는 사명감이 솟 아오를 정도였다.

「음……. 그런데 산이 건조해서 옆 산으로 옮겨붙으면요? 현실적으로 버섯 산만 깔끔하게 태울 수 있을 리 없잖아요.

산에 사는 동물들은요. 그리고 산 밑에까지 불이 번지기라도
하면…….」

「그 산에 저희 조상들 무덤이 다 있다고 했잖아요. 무슨 말
인지 아시겠어요? 그런 거 하나하나 생각하면 제가 이런 부
탁 하겠어요? 어느 정도 탔다 싶으면 제가 신고할게요. 저희
산 빼고는 이 근처에 CCTV 없어요. 그건 제가 잘 알아요. 불
을 놓은 후에 산을 내려오세요. 그럼, 제가 기다리고 있을게
요. 나머지는 제가 책임져요.」

9

해가 진 후 구정은과 영지는 버섯 산으로 향했다. 구정은은
산 초입에서 영지를 내려주었다. 여기부턴 혼자 가셔야 해요.
오천만 원을 갚지 않는 조건이라는 걸 알면서도 영지는 구정
은이 너무나 치졸하고 야속하다는 생각이 들었다. 하지만 애
써 그런 생각을 떨치려 크게 호흡을 골랐다. 불을 놓은 후 제
때 도망칠 수 있을까. 불길에 휩싸이지는 않을까. 영지는 사
실 두려웠다.

산 초입부터 외부인의 출입을 막아 보려 했던 노력이 곳곳
에서 보였다. 철조망과 초록색 플라스틱 그물망이 원래 사람
들이 드나들었던 길을 막고 있었다. 사람들의 발길이 닿지 않

은 산은 입구가 어딘지 알 수 없을 만큼 풀이 무성했다. 이렇게 산을 전부 틀어막고서도 버섯을 지키지 못한 산주도 기가 막혔겠지만 엄마는 무슨 수로 이 장애물들을 통과해 산에 올랐는지 영지는 이해할 수 없었다. 그리고 다시 엄마와 같은 길을 오르려 하는 자신 또한. 영지는 플라스틱 그물망 쪽으로 가서 빈틈이 있는지 살폈다. 처음에는 뛰어넘어 보려 했으나 영지의 키를 훌쩍 넘는 높이라 쉽지 않았다. 바닥을 살펴보니 그물망을 고정시키기 위해 약 삼십 센티미터 간격으로 땅에 말뚝을 박아 놓은 것이 보였다. 비가 온 지 얼마 되지 않아 힘을 주니 말뚝이 흔들렸다. 얼마 되지 않아 말뚝이 뽑혀 나갔고 그렇게 영지는 그물망 아래 빈틈을 통해 산으로 들어갔다.

산은 등산로라고 할 수 있을 만한 길이 전혀 없을 만큼 모든 곳이 잡초로 우거져 있었다. 영지는 그 길을 손으로 헤치며 무작정 올랐다. 목적지는 깊숙한 산. 이후 발화지를 찾기 어려운 어느 골짜기였다. 그러나 그 어딘가가 어딘지 영지도 가늠할 수 없었다. 그럼에도 발걸음은 망설임이 없었다. 얼굴을 할퀴는 잡초들을 느끼면서 오르막길을 올랐다. 이상하게 숨이 차지 않았다. 높은 곳으로 올라갈수록 산을 타는 게 더 쉬워졌다. 어느 순간부터는 제자리에 멈춰 있는 순간에도 땅이 이동하는 듯한 착각마저 들었다. 마치 산이 자신을 끌어당

기는 것 같은 느낌이, 아니, 그것보다 더욱더 강력한 힘이 영지를 이끌고 있는 듯한 느낌이 들었다. 마치 작은 들짐승의 뒷덜미를 잡아 깊은 산속으로 옮겨 놓는, 그런 보이지 않는 손이 있는 듯했다. 숲은 들숨을 들이쉬듯 영지를 빨아들였다.

나무가 우거져 달빛조차 보이지 않는 곳으로 영지는 완전히 스며들었다. 바짝 마른 나뭇잎이 장화에 부서지는 소리가 들렸다. 불은 무척 잘 붙겠구나. 그제 잠깐 비가 내렸음에도 그동안의 극심한 가뭄에 땅이 쩍쩍 갈라지고 있었다.

영지를 완전히 숲에 가둔 후, 나무들은 약속한 것처럼 수런거리기 시작했다. 바깥세상과는 완전히 단절된 어떤 세계로 진입했다는 생각이 들었다. 산에 들어서기 전보다 확연히 바람이 세게 불고 있었다. 나무가 양옆으로 흔들거리며 영지를 놀리듯이 우우, 소리를 냈다. 엄마도 이 수런거림을 들었을까. 한밤중에 이런 소리를 들으며 버섯을 채집했단 말인가. 그 많은 버섯이 미수 이모의 선물이라고 여기면서?

영지는 멈칫하고 발걸음을 멈추었다. 나무에 매달린 무언가가 앞머리를 스쳤고 고개를 드니 그곳에는 밧줄이 걸려 있었다. 무슨 용도로 이런 곳에 밧줄이 있는 걸까? 영지는 상상하고 싶지 않았다. 나뭇잎을 밟으며 앞으로 나아갈 때 영지는 발밑에 자꾸만 무언가가 물컹, 하고 밟히는 것을 느꼈다. 물

컹거리는 그것을 밟는 순간 미끄러지지 않기 위해 균형을 잡았다. 일부러 발밑을 확인하지는 않았다. 영지는 자신이 밟은 게 썩은 과일인지, 지렁이나 개구리인지, 그저 썩은 나뭇잎일 뿐인지 알고 싶지 않았다. 확인하는 순간부터 더는 앞으로 나아갈 수 없을 것 같았다. 그렇게 영지는 무언가를 밟으며, 짓이기며, 뭉개며 나아갔다.

영지야.

누군가 영지를 불렀다.

영지야.

영지는 뒤돌아보았다. 소리가 들린 방향에는 아무도 없었다. 나무들만 여전히 수런거리고 있었다. 영지는 멈춰 섰다. 해는 완전히 넘어가 캄캄해져 있었고 직감적으로 느꼈다. 이곳이다. 이곳에 불을 놓아야 한다. 어느새 암순응된 눈은 짐승이 된 것처럼 산을 낱낱이 살피고 있었다.

영지는 보았다. 자신의 발밑에 하얗게 모여 있는 무언가를. 버섯이었다. 앙증맞은 버섯들은 옹기종기 모여 있었다. 영지는 자신도 모르게 자리에 주저앉아 버섯갓을 손으로 만져 보았다. 보송보송하고 부드러운 표면을. 송이버섯 군락에 오니 그리운 향이 바람을 타고 풍겨 왔다. 손에 땄다. 향긋하고도 쿰쿰한 송이버섯 고유의 냄새. 영지는 그것을 닥치는 대로 주

나의 살던 고향은 백온유　　121

머니에 집어넣었다. 무언가에 홀린 것처럼 보이는 족족 버섯을 욱여넣었다. 이렇게 많은 버섯이 있다니. 이걸 다 불태워야 한다니. 이렇게 귀한 것들이 한서에 있었다니. 영지는 처음으로 한서의 무언가가 아깝다는 생각이 들었다.

영지야!

그때 화살 같은 목소리가 영지를 꿰뚫었다. 영지는 잠에서 깬 것처럼 고개를 들고 주위를 두리번거렸다. 누구의 목소리인지, 어디서 불어온 목소리인지 도무지 알 수 없으나 그것은 다정하며 무구한 누군가의 목소리였다. 절대 누군가에게 해를 끼칠 만한 목소리는 아닌.

영지는 이마에서 흐르는 땀을 닦았다. 손에 쥔 버섯을 내려다보았다. 자신 역시 죄에 포섭되리라는 것을 버섯은 알았을까. 산은 알았던 걸까. 이 아름다운 동네를, 친밀한 이웃들을 결코 등지지 못하리라는 것도. 그렇다면 그 기대를 산산이 부서뜨려 주리라. 영지는 나무에 걸쳐져 대롱대롱 흔들리는 밧줄을 보며 생각했다. 저 밧줄에 사람이 걸린 적이 있을까. 이 깊은 산에까지 와서 매달리고 싶었던 사람에겐 어떤 사연이 있을까.

버섯에 기름을 부었다. 낙엽과 마른 가지에도. 길게 늘어뜨려진 밧줄에도, 죽은 동물의 사체에도. 그리고 라이터를 던졌

다. 순식간에 불이 붙었다. 영지를 추격하듯 번지는 불길을 아슬아슬하게 피하며 영지는 생각했다. 행복하다고, 무척 즐겁다고. 거센 바람을 타고 불똥이 먼 산으로 튀는 것을 영지는 보았다.

드디어 이 고향을 사랑할 수 있게 되었다. 돌부리에 걸려 넘어진 영지가 가파른 산을 굴러떨어지며 생각했다.

시인세
높음의 들러리오편

고등학생 때부터 시작된 비염은 십여 년 넘게 나를 괴롭히고 있었다. 환절기에는 매일 밤낮으로 콧물이 흘러 약 없이는 하루도 견딜 수 없는 정도였다. 코로 숨을 쉴 수 없으니 당연히 잠도 편하게 잘 수 없었다. 코 대신 입으로 숨을 쉬다 보면 턱이 나온다는 사실을 뒤늦게 알았다. 아마 내 주걱턱도 비염의 산물일 것이다.

나는 주걱턱 위로 난 턱수염을 만져 보았다. 추레하기 그지없었다. 이제는 하루만 면도를 거르면 금세 거무스레해져, 안색마저 좋지 않아 보였다. 게다가 나 자신에게 도취되기엔 화장실 등은 너무도 밝았다. 딱히 집 밖으로 나갈 일이 없어, 면도 대신 콧속을 찬물로 헹궜다. 화장실을 나오는데 연신 재채기가 나와 그대로 곧장 약을 챙겨 먹었다.

나는 내 비염의 원인을 학업 스트레스로 인한 면역력 결핍이라고 봤다. 한국에서 입시를 경험했다면 누구나 질병 하나씩은 얻게 되었으니까. 마음의 병이든, 뭐든, 병을 얻지 않고서야 졸업할 수 없는 시스템이었다. 그래도 다른 애들에 비하면 나는 상황이 나은 쪽이었다. 비염을 얻는 대가로 나름대로 만족스러운 입시를 치렀으니, 이정도면 좋은 거래였다. 그렇게 몇 년을 거들먹거리며 지냈다. 대학교 이름이 새겨진 점퍼를 입고 다니면서. 졸업 후 첫 직장에 다닐 때까지만 해도, 나는 내가 뭐라도 되는 새끼인 줄 알았다.

이제와 돌아보면, 퇴사를 결심한 이유를 잘 모르겠다. 온갖 부조리에 진저리가 났던 것일 수도 있고, 그냥 직장인이라면 누구나 한 번쯤 느끼는 권태감이었을 수도 있다. 그게 아니라면, 언제든 마음만 먹으면 더 좋은 직장으로 갈 수 있다는 자신감 때문이었을지도 모른다. 여기서 이대로 썩을 수 없고, 조금 더 큰 포부를 가져야 한다고 생각했던 것 같다. 그때는 온갖 이유를 붙여 퇴사했는데, 이렇게 몇 달을 집에서 누워 있으니 이제는 잘 모르겠다. 내가 무엇을 원했는지조차. 그냥 약이나 먹고 실컷 자고 싶었다. 몸을 편안하고 나른하게 만드는 데는 항히스타민만 한 것이 없었다.

상비약을 좀 구비해 두려고 집 근처 이비인후과에 갔다. 이 맘때 병원에는 나 같은 비염인뿐만 아니라, 환절기 감기로 고생하는 어르신들이나 아이들도 꽤 있었다. 다들 마스크를 쓰고 대기실에 앉아 있는 모습을 보면, 코로나 시기가 자연스럽게 떠올랐다. 군 휴학을 마치고 학교로 돌아갔을 때는 이미 모든 온라인 수업으로 대체된 상태였다. 늦잠을 자다가 급히 일어나, 씻지도 않은 채 모니터 앞에 앉는 일이 반복되었다. 기대했던 것과 달리, 남은 대학 시절은 그렇게 해이함과 쓸쓸함으로 점철된 채 빠르게 지나갔다. 그러다가 졸업을 앞둔 어느 날, 갑자기 코가 막히고 머리가 아파 오기 시작했다. 평소 사람과 접촉이 있었던 것도 아니고, 이미 백신을 맞은 상태였기에 비염인 줄로만 알았는데, 다음 날 고열이 나 코로나란 걸 직감했다. 뇌가 터질 것 같은 통증이 이어졌고, 후각과 미각을 잃은 후에야 겨우 일상을 되찾을 수 있었다. 감각을 되찾을 때쯤, 나는 게임 회사 기획 팀에 취업하게 되었다. 통근 시간이 길어도, 출퇴근 시간에 지하철의 수많은 인파 속에서 몸을 욱여넣어도 좋았다. 회사 구내식당에서 처음으로 먹은 점심은 정말 감동적이었다. 이게 취업의 맛인가. 매콤한 제육볶음이 입안에서 살살 녹았다. 아니, 뭘 먹어도 다 맛있었다. 아마 세 달 정도 그랬던 것 같다.

「김인성 님, 진료실로 들어가실게요.」

지난 생각에 잠겨 있는 사이, 금방 내 차례가 왔다. 나는 곧장 진료실 문을 열었고, 의사가 나를 보자마자 익숙한 인사를 건넸다.

「또 비염 때문에 오셨구나. 담배를 끊으셔야 한다니까. 일단 여기 앉아 보세요.」

의사는 내 콧구멍 속을 들여다보더니, 여느 때처럼 약을 칙칙 뿌렸다. 신기하게도 약을 뿌리면 잔뜩 부어 있던 코가 금세 가라앉았다.

「비염은 평생 관리하고 사셔야 돼요. 늘 얘기하지만, 담배를 끊으시면 조금이나마 나을 거예요. 약은 저번하고 똑같이 드릴게요. 한 달, 아니, 이 주치만 먼저 드릴 테니까, 증상이 계속되면 다시 방문해 주세요. 다른 데 불편한 곳은 없죠?」

늘 듣던 말인데, 그 순간 문득 이명이 들렸던 게 생각났다. 심하진 않지만 가끔 밤마다 윙윙 울리던 소리가.

「귀 좀 봐주세요. 이명이 들려서요.」

의사는 자세를 고쳐 앉더니, 내 귀 안쪽으로 기구를 넣었다. 혹시 고막이 파열된 건 아닐까. 큰 문제라도 생긴 게 아닐까. 긴장하고 있던 찰나, 의사가 말했다.

「어이쿠, 귀지가 엄청 많네요. 고막이 안 보일 정도예요. 모

니터에 띄워 드릴 테니까, 한번 보세요.」

귀지라니, 고막이 안 보일 정도라니. 민망하기도 했고, 사실 별로 궁금하지도 않았으나, 내 뜻을 밝힐 틈도 없이 의사는 내시경을 귀 안에 넣었다. 진찰대 앞 모니터에 누런 귀지로 가득 찬 내 귓속이 드러났다. 그걸 보고 무슨 반응을 해야 할까. 못 볼 걸 본 듯 충격적인 표정을 지어 보이기도 민망하고, 그렇다고 감탄을 할 수도 없는 노릇이었다. 그러나 의사는 내게 설레는 표정을 지으며 말했다.

「제가 제거해 드릴게요.」

마치 오랫동안 찾아 헤매던 보물을 발견한 것처럼, 아니, 먹잇감을 발견한 동물의 표정이랄까. 그런 표정을 짓는 이유를 알 수 없었다. 이내 귓속에서 뭔가 파헤쳐지는 소리가 들렸다. 다행히 별로 아프진 않았다. 그리고 이내 무언가 쑥 빠져나가면서 주변의 소리가 선명해졌다. 진료실 내부의 소리뿐 아니라, 창문 너머 도로에서 들려오는 소리까지.

의사는 내 귓속에서 꺼낸 귀지를 자랑스럽게 꺼내 보였다. 손톱만 한 크기에 누렇고 진득한 귀지를. 그러고서는 내게 물었다.

「사진 찍으실래요?」

얼떨결에 찍겠다고 말해 버렸는데, 주머니에서 핸드폰을

꺼내 사진을 찍는 그 순간까지도 내가 이걸 왜 찍고 있나 싶었다.

집에 가는 내내, 사진을 들여다보았다. 이런 게, 내 몸속에서 나왔다는 게 놀라웠다. 주변 소음이 이렇게 잘 들리는 것도 놀랍고, 이럴 줄 알았으면 진작 귀지를 빼낼 걸 그랬다는 생각이 들었다. 집으로 돌아오자마자 나는 침대에 누워 유튜브를 켰다. 귀지, 단 두 음절을 검색했을 뿐인데, 귀지를 제거하는 영상이 수를 헤아릴 수 없을 정도로 많이 나왔다. 누런 귀지부터 무좀 걸린 발톱같이 생긴 귀지, 귀지가 맞는지 의심스러울 정도로 새까만 귀지까지. 섬네일만 봐도 불쾌해지는 영상들이었지만, 나는 무언가에 홀린 듯 영상을 클릭하게 되었다.

생각했던 것과 달리, 잔잔한 클래식 음악 위로 온화한 의사의 목소리가 들려왔다. 의사는 귀지를 제거하는 과정을 하나씩 차근차근 설명해 주었는데, 왠지 모르게 은은한 광기가 느껴졌다.

「자, 이렇게 큰 귀지가 나오면요. 의사로서 굉장히 기분이 좋고 뿌듯합니다. 혹시나 더럽다고 생각하지 않을까 걱정하시는 분들이 더러 있는데요. 전혀 그렇지 않으니, 걱정하지 않으셔도 됩니다. 저뿐만 아니라, 다른 의사들 중에서도 환자

분의 귀지를 보고 그렇게 느끼는 분들은 없을 거예요. 그러니 망설이지 말고 내원해 주세요.」

의사는 그렇게 말하는 것도 모자라, 제거한 귀지 옆에 동전을 놓고 크기를 비교하기까지 했다. 그런데 어쩌면 저 의사, 적성을 잘 찾은 게 아닐까. 자신의 재능을 잘 알고, 무엇보다도 자신의 일을 즐기고 있으니까. 더럽다는 생각 없이 남의 귀지를 파면서, 기쁨을 느끼는 사람이 대한민국에서 몇 명이나 될까? 주변 사람들에게 자랑하는 것도 그것도 모자라, 이렇게 유튜브 영상을 찍어 기록까지 하는 사람이 얼마나 될까. 사실 저 의사, 의대에 가고 싶었던 게 아니라 채굴자가 되고 싶었던 게 아닐까. 이비인후과 의사가 귀지 파는 일만 하는 것도 아닌데, 저렇게 귀지 파는 영상만 주야장천 올리는 걸 보면 아무래도 개인적인 욕망이 투영된 것이 틀림없었다. 불현듯, 아까 만났던 그 의사가 떠올랐다. 설레는 표정으로 나를 봤던 이유를 알 것 같았다.

나는 귀지 제거 영상을 연이어 봤다. 이걸 왜 보고 있나 싶었지만, 귀지가 완전히 제거될 때마다 카타르시스가 느껴져 나도 어쩔 수가 없었다. 퇴사하기 전에는 상상조차 하지 못했다. 이렇게 누워서 귀지 파는 영상이나 보고 있을 줄은……. 그렇게 한참 영상에 빠져 있었는데, 갑자기 누군가 현관문을

폭음이 들려오면   서이제   133

두드렸다. 문을 열어 보니 연우가 서 있었다. 그것도 어디론가 멀리 떠나는 사람처럼 큰 배낭을 메고서. 연우는 곧장 집 안으로 들어와, 현관 앞에 짐 가방을 내려놓고는 벌러덩 누웠다.

「너 무슨 일이야? 이 짐은 다 뭐야? 어디 가?」

「당분간 외삼촌 집에서 지내도 되죠?」

보나 마나 엄마와 한판 한 모양이었다. 썩 내키진 않았지만, 애도 이럴 만한 사정이 있을 거란 생각에 일단은 그러라고 했다. 연우는 자기가 우리 집에 와 있다는 사실을 알리고 싶지 않아 했으나, 아무리 그래도 누나에게 연락은 해두는 게 좋을 것 같았다. 나는 문자를 하려다가, 담배를 피우러 나가는 김에 누나에게 몰래 전화를 걸었다.

「누나, 연우 지금 우리 집인데.」

「그럴 줄 알았다. 안 그래도 전화하려던 참이었어.」

「무슨 일이야?」

아무래도 연우는 한국으로 돌아온 이후에도 계속 마음을 잡지 못하는 모양이었다. 연우는 초등학생 때 캐나다로 조기 유학을 갔다가, 작년에 다시 한국에 돌아왔다. 재정적인 문제 때문이었다. 그때부터 부모와의 갈등이 극심해졌는데, 누나 말로는 하루하루가 전쟁 같다고 했다. 사춘기 때문일 수도 있

지만, 어쩌면 오랫동안 떨어져 지내다 보니 서로에 대한 이해
가 부족했는지도 몰랐다. 연우는 고등학교를 다닌 지 얼마 되
지도 않아 자퇴를 하겠다고 했고, 누나는 이를 뜯어말리느라
매일같이 실랑이를 벌였다. 결국 최근에 자퇴를 했다고 했다.

그러나 자퇴는 문제를 더 악화시킨 것 같았다. 하루 종일
한 집에 있으면서도 대화를 나누지 않는 것. 배가 고플 때 이
외에는 방 밖으로 나오지 않는 것. 어떤 날에는 방 안에서 온
종일 게임 소리만 들려오는 것. 대화를 하려고 시도해 봤자,
결국 말다툼으로 번지게 되는 것이 누나를 미치게 만들었을
것이다.

「오죽하면 내가 애한테 빌었다. 제발 좀 그만하자고.」

전화를 끊고 집에 들어오니, 연우는 생라면을 부숴 먹으며
유튜브를 보고 있었다. 선반에 하나 남은 걸 귀신같이 찾아내
다니, 자기 먹고 살 궁리는 다 하는구나. 나는 연우 옆자리에
앉아, 라면 부스러기를 주워 먹었다.

「끓여서 먹지. 김치도 있는데.」

「전 이게 좋아요. 캐나다에 있을 때도 맨날 이것만 먹었어
요. 밤에 주방에서 라면을 끓이면 제니, 아, 호스트 눈치도 보
이고 그래서 방에서 혼자 이렇게 먹었어요. 라면 끓이면 나중
에 설거지도 해야 하고, 일이 귀찮아지기도 하고요.」

연우는 묻지도 않은 이야기를 줄줄 늘어놓았다. 이렇게 자기 얘기를 잘하는데, 내게는 이렇게 상냥한데. 내가 아는 연우의 모습은 누나의 말과 너무도 달라, 가끔 연우가 어떤 아이인지 파악하기 어려웠다. 어째서 자신의 부모에게는 그렇게 차갑게 대하는 걸까.

누나는 연우를 잘 설득해 달라고 했다. 자기 말보다는 내 말이 더 잘 통할 거라고. 지금도 늦지 않았으니 학교에 다시 돌아가는 것을 고려해 보라고, 그게 그렇게 힘들면 검정고시라도 봐서 대학에 가라고. 기회가 된다면 꿈이 뭔지, 나중에 뭘 하고 싶은지도 물어봐 달라고 했다. 그런 것까지 내게 부탁하다니, 그럴 수밖에 없는 누나의 상황이 너무도 안타까웠다.

연우가 우리 집에서 지낸 지 일주일이 지났을 때였다. 연우는 베란다 창고에서 야구공과 글러브를 발견했다. 예전에 한창 프로 야구에 미쳐 있을 때 사두었던 것이었다. 퇴근 후 매일 맥주 한 캔에 야구 경기를 보는 것도 모자라, 반차를 쓰면서까지 키움 히어로즈 경기를 보러 고척돔에 갔다. 점심시간에는 회사 근처 근린공원에서 대리님과 캐치볼을 하곤 했는데, 때마침 날씨가 좋아 연우와 함께 캐치볼을 하러 나가 볼까 했다. 밖으로 나가자마자, 선선한 가을바람이 기분 좋게

뺨을 스쳤다.

「이렇게 날씨 좋을 때 많이 돌아다녀. 방에 틀어박혀서 휴대폰만 들여다보고 있지 말고…….」

「외삼촌도요. 그런데 아까부터 왜 이렇게 훌쩍거려요?」

질문이 끝나기 무섭게 재채기가 나왔다.

「환절기에는 항상 이래.」

그 순간, 이비인후과에서 귀지를 제거한 게 떠올랐다. 나는 연우에게 그날의 일을 말해 주고 싶었다. 얼마나 큰 귀지가 나왔는지, 의사 표정이 어땠는지. 내가 신나게 떠드는 사이, 연우의 표정은 점점 일그러졌다.

「너도 병원 가서 귀지 있나 한번 봐봐.」

「저는 맨날 귀 파요.」

「면봉으로?」

「네.」

우리는 시시콜콜한 대화를 나누며 공원까지 걸어갔다. 공원에는 이미 캐치볼을 치는 애들이 있었다. 중학생은 되어 보였는데, 이 시간에 사복을 입고 돌아다니는 걸 보니 아직은 초등학생인 듯했다. 우리는 그 애들 옆에서 야구공을 주고받기 시작했다. 오랜만이라 처음에 몇 번은 공을 놓쳤지만, 금세 페이스를 되찾았다. 글로브 안에 공이 착착 감기는 그 맛

폭음이 들려오면 서이제

이 좋았다. 오랜만에 다시 느껴 보는 감각이었다. 그때 연우
가 공을 던지며 물었다.

「그런데 원래 게임 회사에 계셨죠? 거기 들어가면 뭐 하는
거예요? 코딩 같은 거?」

「아니, 내가 했던 건 기획이었어.」

「거기서 외삼촌이 기획한 게임 있어요? 출시됐어요?」

「있지, 내가 다 한 건 아니지만.」

「뭔데요?」

「〈빌런 앤드 히어로즈〉라고 아니?」

「아니요, 처음 들어 봐요.」

연우는 내가 했던 일에 관심을 보였다. 나에 대한 관심이라
기보다는, 일 자체에 대한 관심인 것 같았다. 우리는 공을 주
고받으며 대화를 계속 이어 갔다.

「이따가 집 가서 해볼래?」

「어떻게 하는 건데요?」

「일단 악당이 될지 영웅이 될지 선택하고, 아이템을 선택
하는 거야. 같은 아이템이라도 내가 악당인지 영웅인지에 따
라 그 용도가 달라져. 악당은 도시를 파괴시키면 이기는 거
고, 영웅은 그걸 막아야 이기는 거야.」

「그럼 보통은 다 영웅 선택하지 않아요?」

「아니, 꼭 그렇지도 않아. 아이템을 어떤 용도로 활용하는지가 이 게임의 핵심이야.」

「그럼 해볼래요.」

내가 기획한 게임에 큰 흥미가 있어 보이진 않았지만, 예의상 그렇게 말해 준 것 같았다.

「그런데 왜 퇴사했어요?」

「일하기 싫어서?」

「일하기 싫으면 안 해도 되는 거예요, 그거?」

갑자기 말문이 막혔다. 점점 줄어 가는 통장 잔고와 막막한 앞날이 머릿속을 스쳤고, 순간 집중력이 흐려져 날아오는 공을 놓쳐 버렸다. 흙바닥 위를 데구루루 굴러가는 공을 멀뚱멀뚱 바라보았다.

「하기 싫은 것도 참고 하는 게 어른이잖아요.」

나는 공을 주우러 가며 답했다.

「그래, 그게 어른이지. 그런데 싫은 것도 정도가 있는 거야. 너무 싫으면 그건 어쩔 수 없는 거다.」

「아니, 장난치지 말고…… 진짜로 왜 그만둔 거예요?」

「사실 잘 모르겠다.」

나는 흙 묻은 야구공을 주워 티셔츠에 대충 비벼 닦았다. 그리고 공을 다시 던지려는 순간, 연우가 말했다.

「외삼촌, 저랑 같네요.」

그러고는 나를 보며 배시시 웃어 보였다. 그 얼굴을 누나도 봤으면 좋았을 텐데…… 하고 생각했다.

나는 연우에게 내가 만든 게임을 알려 주었다. 연우는 빌런이 되기를 선택했고, 아이템으로는 혼돈의 구슬과 어둠의 검을 골랐다. 상대를 교란시키고, 물리적 타격을 주는 무기들이었다. 연우가 게임을 하는 동안, 나는 그 옆에서 주식 유튜브를 켰다. 유튜버는 이주의 이슈들을 짚어 주며, 유가 상승과 환율 변동에 대해 예측했다. 영상이 끝나자, 내 유튜브 알고리즘은 국제 정세와 지정학 뉴스를 쏟아 냈다. 이스라엘과 하마스 영토 분쟁, 대만과 중국의 긴장 상태, 러시아 드론 나토 영공 침입, 핀란드와 스웨덴의 방위 훈련 실시, 일본 자율 방위 강화, 미국의 관세 정책, 프랑스 시위와 정치 위기 고조, 네팔과 방글라데시 대규모 시위까지. 정신을 차리기 어려울 정도로 많은 사건이 세계 곳곳에서 한꺼번에 일어나고 있었고, 그 소식들은 직간접적으로 주식 투자자들의 심리에 영향을 끼쳤다. 나도 예외는 아니었다.

「오, 이겼다.」

그때 연우가 내게 핸드폰을 보여 주었다. 파괴된 도시 위에

검은 연기가 뒤덮는 영상이 나왔고, 곧이어 불쾌하고 괴상한 웃음소리와 함께, [WIN]이라는 문구가 떴다.

「게임에 재능이 있네.」

「아니요, 이거 너무 쉬워요. 악당에게 너무 유리하게 설계된 것 같아요.」

그러더니 이번에는 영웅 쪽을 선택해 보겠다고 했다. 비교를 위해 아이템은 같은 걸 골랐다. 연우는 한참 동안 게임에 집중해 있었다. 악당을 골랐을 때보다 어려웠는지, 해가 질 무렵까지 결과를 내지 못했다. 배가 고프지 않냐고 물었더니 이것만 끝내고 먹겠다고 했다. 아무래도 그때까지 기다리다가는 저녁을 먹지 못할 것 같아 피자를 배달시켰다. 다행히 피자가 도착했을 때, 연우는 핸드폰을 내려놓았다.

「하, 다 했어요.」

이번에도 승리였다. 이번에는 밝은 음악과 함께 서로 포옹하는 사람들의 모습이 나왔다. 악은 어둡고, 선은 이토록 밝다니. 뭔가 유치하다는 생각이 들었다. 게임을 만들었던 당시에는 전혀 생각지 못했던 부분이었다. 이래서 이 프로젝트가 망한 게 아닐까.

「재미있었니?」

「뭐, 그럭저럭요.」

피자는 식기 전에 다 먹어 치웠다. 성장기라서 그런지, 연우는 체구가 크지 않은데도 식성이 좋았다. 잘 먹어 줘서 고맙다는 생각이 들면서도, 한 판 더 시킬 걸 그랬나 싶었다. 어쨌든 그렇게 저녁을 먹은 후에는 함께 야구를 봤다. 이렇게 연우와 함께 온종일 놀고먹으니, 어릴 때로 돌아간 것 같았다. 부모님이 여행 간 사이, 집에 친구를 불러 놀았던 것처럼 마음이 편하고 좋았다.

다음 날 우리는 당구를 치러 갈 예정이었다. 그런데 그때 갑자기 누나가 들이닥쳤다. 누나는 이른 아침부터 화가 단단히 난 것 같았다. 온갖 짜증과 분노가 얼굴에 서려 있었다. 새치랑 주름도 더 생긴 것 같고…….

「너 왜 계속 엄마 전화 안 받아.」

나는 몰랐는데, 그동안 누나는 연우에게 계속 전화를 걸었던 모양이다. 그리고 그동안 본 적 없었던 연우의 모습, 그러니까 누나가 지금껏 줄곧 말했던 연우의 모습을 보게 되었다. 연우는 입을 꾹 다문 채, 소통하기를 거부했다. 심지어는 자신의 엄마와 눈도 마주치지 않으려 했다. 누나는 그런 연우에게 계속 쏘아 댔다. 거의 창과 방패처럼, 누구 하나 꿈쩍하지 않았다. 도무지 누구 하나 물러설 기미를 보이지 않았다.

「누나, 누나. 그만해.」

나는 누나를 안으며 싸움을 말렸다. 누나의 손이 벌벌 떨리고 얼굴도 붉게 달아오른 게, 곧 화에 못 이겨 쓰러질 것만 같았기 때문이다. 누나는 내가 온몸을 다해 말리는 중에도 연우를 향해 소리를 질렀다.

「너 외삼촌 그만 괴롭히고, 그만 집에 들어와.」

그런데 이번에는 무슨 일인지, 연우가 참지 않고 반격을 했다.

「내가 뭘 괴롭혀. 외삼촌, 제가 힘들게 했어요?」

여기서 내가 무슨 말을 해야 좋을까. 나는 아무런 대답도 하지 않은 채, 누나와 연우를 번갈아 보았다. 내가 말하기를 망설이자, 연우는 방향을 바꿨다.

「엄마나 나 괴롭히지 말고, 그만 가세요.」

그 말은 누나의 속을 제대로 긁었다.

「뭐? 어디서 건방지게, 제 부모한테 그딴 소리를 해?」

누나는 갑자기 연우를 향해 발길질을 했고, 나는 필사적으로 누나를 말렸다.

「야, 이 새끼야. 이거 안 놔?」

불현듯, 어린 시절 누나한테 맞았던 게 생각났다. 누나 말을 안 듣거나, 괜히 툭툭대면 무조건 맞았다. 누나가 내게 식

칼을 들었던 적도 있는데, 아직도 그게 진심이었는지, 장난이었는지 알 수 없었다. 세뇌가 정말 무서운 게, 나는 몸집이 제법 컸을 때도 누나에게 꼼짝 못 했다.

「야, 네가 지금 계속 애 편을 드니까, 애가 기세등등해져서 지금 나한테 이러는 거 아니야.」

「아니야, 아니야, 누나.」

내가 누나에게서 떨어져 해명하는 사이, 누나는 연우에게 달려들었다. 어떻게 자기 자식한테 저럴 수 있나 싶을 정도로 무자비하게 연우를 때렸다. 두 손을 사방으로 휘두르면서. 연우는 아무런 저항도 하지 않고, 팔로 얼굴을 감싼 채 맞기만 했다. 뒤늦게 정신을 차린 나는 두 팔로 누나의 몸을 감싸며 말렸고, 그러다가 동시에 바닥에 넘어져 버렸다. 분에 못 이긴 누나는 바닥에 누워 소리를 질렀다. 그리고 이내 눈물을 보였다. 누나가 나약해서 우는 게 아니라는 걸 잘 알고 있었다.

나는 자리에서 일어나 연우에게 사인을 보냈다. 연우는 깊은 한숨을 내쉬고는 누나에게 다가갔다. 울고 있는 누나 옆에서 어정쩡한 자세로 쭈뼛거리다가, 어렵게 손을 내밀었다. 누나는 그 손을 잡고 일어섰다.

「물 좀 마실래?」

「응.」

내가 누나에게 물을 건네자, 누나는 컵에 있는 물을 한 번에 들이켰다. 그러고는 아무 일도 없었던 것처럼, 헝클어진 머리를 만지고는 자리에서 일어났다. 단호한 표정으로 나와 연우를 한 번씩 바라보고는 말없이 현관으로 가 신발을 신었다. 누나는 문 앞에서 잠깐 멈춰 서더니, 뒤돌아 내게 손짓했다. 그리고 지갑에서 현금을 꺼내 내게 주었다. 연우를 돌봐주는 대가로 주는 것인지, 그냥 나이 차이 많이 나는 동생에게 주는 용돈인지는 정확히 알 수 없었다. 누나가 떠난 후 나는 문자를 남겼다.

누나, 연우 내가 잘 데리고 있을게. 내가 잘 얘기해 볼 테니까, 너무 걱정하지 마.

〈연우도 이제 다 컸고, 자기 생각이 있을 텐데〉라는 말은 썼다가 지웠다. 이 상황에 그런 말까지 덧붙였다가는 무슨 일이 또 생길지 몰랐기 때문이다. 누나에게 문자를 보내고 보니, 연우는 아무런 일도 없었다는 듯이 태연하게 핸드폰 게임을 하고 있었다. 그 엄마에 그 아들이라는 생각이 들었다. 고집스러운 성격부터, 날카로운 콧날과 꾹 다문 입술도 꼭 누나 같았다.

폭음이 들려오면 서이제   145

그날 저녁은 비가 내렸다. 당구를 치지 못한 대신, 나는 누나가 준 돈으로 연우에게 맛있는 거라도 사 먹일 생각이었다. 무얼 먹고 싶냐고 연우에게 물었더니, 웬 콩나물국밥이 먹고 싶다고 했다. 그런데 그 말을 들으니 나도 괜히 국밥이 당겼다. 하기야 비도 추적추적 내리니까, 이런 날에는 뜨끈한 국밥에 소주 한 잔 곁들여야지. 그러면 아까 있었던 일도 깨끗이 잊을 수 있을 것 같았다. 우리는 곧장 우산을 쓰고 밖으로 나왔다.

「괜찮아?」

「뭐가요?」

「아까 누나가 화낸 거.」

「맞은 거요?」

애써 돌려 말한 의미가 없었다.

「그래, 맞은 거.」

「괜찮아요. 원래 엄마 가끔 저래요.」

그 덤덤한 목소리가 빗소리에 묻혀 들려왔다. 슬리퍼를 신은 연우의 발은 어느새 빗물에 젖어 있었다. 길쭉한 엄지와 발 모양새가 누나를 쏙 빼닮아 조금 무서웠다. 어떻게 저렇게 똑같을 수가 있을까.

우리는 집 근처 국밥집에서 콩나물이 잔뜩 올라간 국밥을

먹었다. 청양고추와 마늘이 칼칼하고 깊은 국물 맛을 냈다. 역시나 소주를 시키지 않을 수 없었다.

「조금만 마실게?」

이미 술을 시키고서는 연우에게 형식적인 허락을 구했고, 연우는 아무런 상관이 없다는 표정을 지어 보였다. 그렇게 국밥에 소주를 몇 잔 곁들이고 나니, 온몸에 열이 오르는 게 느껴졌다.

「외삼촌도 어렸을 때 누나한테 많이 혼났어. 누나 자전거 타고 나갔다가 고장 내서 줘터지고, 누나가 잘못한 거 부모님한테 일렀다가 걸려서 또 줘터지고…… 한번은 밖에서 안 좋은 일이라도 있었는지 집에 들어오자마자 이유도 없이 나를 발로 차더라. 보통 나이 차이가 많이 나면 안 그러는데…….」

연우는 내 얘기를 듣고는 키득거렸다.

「그래도 누나, 아니, 너희 엄마 멋있는 점도 있었어. 사실 외삼촌은 어렸을 때 좀 찌질했거든. 꾸밀 줄도 모르고, 그렇다고 운동을 잘하는 것도 아니고, 말을 잘하는 것도 아니었거든. 공부는 좀 했지만, 그렇다고 전교 일등을 할 정도도 아니었어. 그런데 하루는 우리 중학교에서 좀 무서운 형들, 그러니까 일진 비슷한 애들한테 새로 산 신발을 빼앗긴 거야. 결국 실내화를 질질 끌고 집에 갔는데, 너희 엄마가 이 사실을

알고는 바로 걔네들한테 가서 찾아 줬어.」

연우는 내 말이 믿기 힘들다는 듯 고개를 갸우뚱하며 물었다.

「어떻게요?」

「개쌍욕을 퍼부었거든.」

연우에게 한 말은 모두 사실이었다. 물론, 처음에는 타이르듯 이야기했었다. 같은 학교 학생들끼리 그러면 되겠냐, 멀끔하게 생겨서 그래도 되겠냐면서 지금 돌려주면 신고는 안 하겠다고 했다. 당시 대학생이었던 누나는 꽤 어른답게 대처하려고 노력했던 것 같다. 그러나 형들은 계속 자기 신발이라고 잡아떼었고, 그것도 모자라 누나를 두고 비아냥거리기까지 했다. 이 아줌마 이상하다며, 계속 자기를 의심하면 명예 훼손으로 고소할 거라고. 그 말에 누나는 눈깔이 돌았다. 아줌마라는 말에 그런 것인지, 고소라는 말에 그런 것인지, 아니면 건방진 태도 때문에 그런 것인지는 알 수 없었다. 건방진 새끼, 싸가지 없는 새끼, 별별 새끼에서 시작하여 생전 처음 들어 보는 욕들이 끝도 없이 이어졌다. 형들이 누나에게 조금이라도 대들려고 하면, 누나는 아가리 닥치라며 단칼에 잘라 버렸다. 물론, 그런 자세한 이야기까지는 연우에게 할 순 없었다.

「정말 그랬을 것 같아요.」

연우는 그렇게 말하고는 숟가락으로 국물을 떠먹으며 의미를 알 수 없는 미소를 지었다.

「근데 왜 웃어.」

「제가 엄마를 닮은 것 같아서요.」

「갑자기?」

「캐나다에 있을 때, 친구들하고 다 잘 지냈거든요? 그런데 유독 저를 괴롭히는 애가 한 명 있었어요. 그냥 까불거리는 애였던 건지, 인종 차별이었던 건지는 모르겠지만요. 어쨌든 제 영어 발음을 비웃으면서 이상하게 흉내 내고, 언제부턴가는 어디서 배워 온 이상한 욕을 막 하기 시작했어요. 어차피 제가 못 알아들을 거라면서요.」

「그래서 때렸구나?」

「아니요, 때리진 않았고, 아무도 안 볼 때 구석에 몰아넣고 욕을 했어요. 한국어로 씨팔 좆팔 하면서요. 사실 한국에서 초등학교 다닐 때 배웠는데, 엄마한테 혼날까 봐 한 번도 쓴 적이 없었거든요.」

「아주 속이 시원했겠네?」

「네, 맞아요. 그런데 놀라운 건 뭔지 아세요? 못 알아들을 거라고 생각하고 막 욕을 했는데, 걔가 이게 욕인 줄 아는 거

예요. 한국어를 한마디도 못 하는 애였는데 말이죠.」

「그렇지, 욕은 뭔가 다르긴 하지.」

누나는 연우가 캐나다에서 겪은 일들을 알고 있을까 싶었다. 이 이야기를 들으면 누나가 어떻게 반응할지도 궁금했다.

「어쨌든 그래서 아까 가만히 있었던 거예요. 나도 엄마 마음 아니까. 저라도 답답해서 그랬을 것 같아요.」

그 말에 놀라, 마시던 술잔을 내려놓았다. 연우가 이렇게 생각하고 있다는 것을 누나에게 얼른 전해 주고 싶었다. 아니, 연우의 입을 통해 직접 들을 수 있다면 좋을 텐데.

「그 말을 엄마한테 해보면 어떠니?」

「뭘요?」

「엄마 마음 안다고.」

연우는 가만히 빈 그릇만 바라보았다. 싫다고 할 게 뻔했지만, 그래도 한 번은 권해 보고 싶었다. 그러나 막상 연우의 대답은 내 예상과 달랐다.

「네, 노력해 볼게요.」

그 말을 듣는데, 왠지 모르게 마음이 저릿했다. 내가 낳은 자식도 아닌데, 이런 기분을 느낄 수 있다는 게 놀라웠다. 그래, 이 자식아. 말해 보는 거야, 한번 노력해 보는 거야. 나는 연우에게 먼저 새끼손가락을 내밀었고, 연우는 못 이기는 척

손가락을 걸었다. 우리는 서로의 엄지를 꾹 맞췄다. 그러고는 연우의 물잔에 소주를 조금 따라 주었다.

「엄마한테는 비밀로 해.」

연우가 곤히 잠든 사이, 취업 사이트에 올라온 공고를 살펴 보았다. 아무래도 이제 슬슬 다시 재취업을 준비해야 할 것 같았다. 경력을 살려 게임 쪽 회사를 알아볼지, 아니면 더 늦기 전에 전공을 살려 다른 직종을 알아볼지 고민이었다. 그러나 결국에는 운에 모든 걸 맡길 수밖에 없다는 것도 알고 있었다. 어느 쪽이든, 나를 합격시켜 주는 곳에 가야 할 것이다. 그곳에서 내가 잘 적응할 수 있을까. 또 몇 년 있다가, 다 때려치우고 싶은 마음이 들면 어쩌지.

내가 무엇을 원하는지 알았다면, 아니, 무엇을 잘할 수 있는지만 알아도 삶이 훨씬 쉬워졌을 거란 생각이 들었다. 정말 하고 싶은 일을 했다면, 웬만큼 힘든 순간은 참고 견딜 수 있지 않았을까. 내가 잘할 수 있는 일을 했다면, 보람이라도 느꼈을 것이다. 그러나 한편으로는 대부분의 사람이 나처럼 자신을 잘 모른 채 살아가고 있다는 것도 알고는 있었다.

나는 현실에서 도피하듯 유튜브 채널을 켰다. 러우 전쟁의 속보들이 올라와 있었다. 섬네일에는 불길에 휩싸인 도시와

폭격을 맞아 폭연이 치솟는 장면이 보였다. 마우스만 갖다 대도, 불길이 번지는 모습이 자동으로 재생되었다. 스크롤을 내리니, 북한의 핵무기와 이란의 핵 시설 관련 영상들이 줄지어 나왔다. 그중에는 뜬금없이 오펜하이머의 일생을 총정리한 영상도 끼어 있었다. 현실을 도피하는 데 도움이 될 만한 영상들은 아니었다.

현실을 잊는 데는 역시 귀지 제거 영상만 한 게 없었다. 잔잔한 클래식 위에 깔리는 나긋나긋한 의사의 목소리를 듣다 보면, 잠도 잘 올 것 같았다. 나는 에어팟을 꽂은 채, 소파에 다리를 뻗고 누웠다. 처음에는 영상을 보다가 나중에는 소리만 들었다. 귀지 제거 과정을 얼마나 차근차근 설명해 주는지, 소리만 들어도 귀지가 어느 정도 빠졌는지 알 수 있었다.

「자, 조금씩 제거되고 있죠? 네, 좋아요. 조금씩, 조금씩. 서두르지 말고, 이렇게 차근차근 하다 보면 언젠가 고막이 보일 거예요. 뿌얗고 투명한 고막이 당신을 기다리고 있습니다.」

아마도 의사는 자신이 원하는 것과 잘할 수 있는 것을 정확히 알고 있는 것 같았다. 그리고 그날 나는 이상한 꿈을 꾸었다. 한국에 전쟁이 나는 꿈이었다. 서울에 미사일이 날아와 도시는 순식간에 초토화가 되었고, 여기저기서 불길이 치솟았다. 하늘에는 드론과 전투기 들이 날아다녔다. 나는 살아야

겠다는 생각으로 수많은 인파를 뚫고 지하 대피소에 몸을 숨겼다. 그러나 이내 군인들이 대피소를 찾아내, 사람들을 하나씩 죽이기 시작했다. 나는 땅굴을 파, 더 깊은 곳으로 내려갔다. 처음에는 손으로 파기 시작했는데, 언제부턴가 갑자기 삽을 쥐고 있었다. 그렇게 죽을힘을 다해 땅굴을 파내려 가다 보니 그 끝에 고막이 나왔다. 의사의 말처럼 정말 뽀얗고 투명한 고막이었다. 삽으로 고막을 찢고 그 안으로 들어가 볼 수도 있었으나, 왠지 모르게 그러면 안 될 것 같아 나는 조심스럽게 삽을 내려놓았다. 그리고 연우가 목욕을 하는 소리에 잠에서 깨어났다.

통장 잔고는 무섭게 줄고 있었지만, 더 줄어들기 전에 연우에게 선물을 하나 사주고 싶었다. 옷이 좋을까, 신발이 좋을까 고민하다가, 연우가 어릴 적 비행기를 좋아했던 게 생각났다. 나는 연우에게 자기 돈 주고 사기 아까운 거, 너무 실용적인 것보다는 무용한 것을 주고 싶었다.

선물 사러 아이파크몰 가는 김에 다른 곳도 둘러보면 좋을 것 같아, 용산 주변에 연우와 함께 가볼 만한 곳을 찾아보았다. 마침 삼각지 쪽에 전쟁 박물관이 있었다. 그렇지 않아도, 그 앞을 지나칠 때마다 한번쯤 가보고 싶었다. 나는 이제 막 목욕을 하고 나온 연우를 불렀다.

「너 이따가 전쟁 박물관 갈래?」

연우는 머리를 말리며 시큰둥한 표정을 지었다.

「거길 왜요?」

「거기 가면 실제 전쟁에서 사용했던 탱크랑 비행기도 있고, 재미있을 것 같지 않니?」

너무 어린아이들 체험 학습 현장 같은 곳을 골랐나 싶었지만, 그래도 한 번 더 말해 보았다. 연우는 핸드폰으로 전쟁 기념관을 검색해 보더니, 나쁘지 않았는지 같이 한번 가보겠다고 했다.

자동차를 타고 삼십 분을 달려 도착한 전쟁 기념관은 지나가면서 봤던 것보다 훨씬 크고 웅장했다. 연우도 막상 야외에 전시된 전차와 비행기를 보니 마음이 들뜬 것 같았다. 연우는 호기심을 보이며 내게 물었다.

「군대 가면 실제로 저런 거 타요?」

「요즘은 더 좋은 거 타지.」

전쟁 박물관 상설 전시관은 테마별로 파트가 나눠져 있었다. 탱크와 비행기를 실제 크기로 전시한 대형 무기실과 기증자들의 참여로 만들어진 기증실. 뿐만 아니라, 지금까지 우리 땅에서 있었던 수많은 전쟁을 연대기적 순서대로 소개하는 전쟁 역사실도 있었다. 선사 시대부터 한국 전쟁을 지나, 최

근 북한의 도발까지 다뤄지고 있었다. 그러니까 주먹 도끼를 쓰던 때부터 지금껏 전쟁은 끊인 적이 없었던 것이다. 나는 전시된 주먹 도끼 앞에서 이상한 감정을 느꼈다. 그때 연우가 다가와 물었다.

「이걸로 전쟁을 했다는 거예요? 동물 사냥하는 데 쓰려고 만든 도구로 사람도 죽였다는 거예요?」

「그건 모르지.」

우리는 선사 시대를 지나, 고조선과 삼국 시대 파트로 넘어갔다. 전쟁 무기는 시대에 따라 점점 더 견고하고 다양해져 갔다. 인류 역사상 전쟁이 끊인 적이 없었다는 건, 익히 배워 알고는 있었지만, 이렇게 실물을 마주하니 그 사실이 새삼스럽게 느껴졌다. 전쟁에 사용된 무기 말고, 전쟁으로 죽은 사람들의 시신으로 전시장을 채운다면 이 넓은 공간도 부족할 터였다.

한편, 전시장에서 또 다른 전쟁을 치르고 있는 사람들도 있었다. 아빠 품에 안겨 우는 아기, 우는 아기를 달래는 엄마, 여기저기 소리를 지르며 뛰어다니는 아이들, 아들을 구석으로 데려가 혼내는 엄마, 아이 때문에 싸우는 부부, 전시와 무관한 이야기를 나누며 싸우는 커플. 인생은 이러나저러나 한바탕 전쟁이 아닐까 하는 생각이 절로 드는 풍경이었다.

우리는 그들 사이를 지나쳐, 한국 전쟁 파트로 넘어갔다. 그리고 거의 전시 막바지에 유엔실이 나왔다. 나라별로 군복과 군용품이 전시되어 있었다. 얼핏 보면 전쟁은 두 진영 간의 대립이지만, 자세히 들여다보면 그 안에는 다양한 얼굴이 있다는 것을 느끼게 되었다. 연우가 전시실을 빠져나오며 말했다.

「이렇게 많은 나라가 우리를 도와줬는지 몰랐어요.」

「그러게.」

우리는 아래층으로 내려왔다. 마지막으로 호국 추모실에서 시간을 보낸 후, 전쟁 기념관을 빠져나왔다. 그때까지도 선물 얘기는 꺼내지 않았는데, 뭔가 연우를 놀라게 해주고 싶은 마음 때문이었다. 나는 아이파크몰이 있는 쪽으로 차를 몰았다. 아마 연우는 저녁을 먹으러 가는 줄 알았을 것이다.

「그런데 학교는 진짜 안 돌아갈 거야?」

「네, 아마도요.」

「그럼 앞으로 계획이 있니?」

연우는 말없이 고개를 저었다. 하기야 고작 열일곱 살 된 아이에게 미래 계획을 묻는 건 너무 가혹한 일인 것 같았다. 계획을 세운다고 계획대로 살 수 있는 것도 아니고, 계획대로 산다고 반드시 행복한 것도 아니었으니까.

「그래, 괜찮아. 지금은 그냥 하루하루 즐겁게 지내. 남한테 피해 주는 일이나 나쁜 짓만 안 하면 되지.」

막상 말을 뱉고 보니, 나 자신에게 하는 말 같았다.

「네, 그렇게 할게요. 집에 돌아가면 엄마하고도 잘 지내고, 하루하루 즐겁고 행복하게.」

「그래, 좋은 생각이야.」

「엄마도 그렇겠지만, 사실은 저도 엄마에게 서운한 게 있어요. 제 의견도 묻지 않고, 저만 혼자 외국에 보낸 것도 그렇고…… 유학 간 지 얼마 안 되어서 코로나였단 말이에요. 그때 고작 초등학생이었는데, 말도 안 통하고 얼마나 무서웠겠어요. 엄마한테 전화하면서, 제발 한국에 돌아가게 해달라고 울었어요.」

「그래, 맞아. 그래서 그때 누나가 캐나다에 한 번 갔었지.」

「근데 그때 엄마가 저한테 뭐라고 했는지 알아요? 질질 짜지 말라고, 강해져야 된다고.」

연우가 이런 얘기를 꺼내는 건 처음이었다.

「그래서 그날 이후, 저는 진짜로 마음 단단히 먹었어요. 영어도 빨리 배우고, 친구들 사이에서 따돌림당하지 않으려고 엄청 노력했어요. 사실 처음에는 오기 같은 거였어요. 그런데 막상 그렇게 지내다 보니까, 엄마 마음도 조금은 이해되더라

폭음이 들려오면 서이제   157

고요. 제가 원한 건 아니었지만, 어쨌든 저를 위해 무리해서
보낸 거잖아요. 그러니까 그렇게 냉정하게 말할 수도 있었
겠죠.」

「그런데 한국에 돌아와서는 왜 그렇게 엄마랑 싸웠어?」

「싸운 거 아니에요. 엄마 혼자 화낸 거지.」

「하긴, 누나가 좀 화가 많긴 하지.」

「중학교에 들어갈 때쯤에는 완전히 적응해서 불편한 것도
없었고, 거기서 진짜 마음 맞는 친구들도 처음 만났는데……
갑자기 한국에 돌아오라고 하더라고요. 외삼촌, 이거 열받아
요, 안 받아요?」

「열받지, 근데 어쩔 수 없었던 거 너도 알잖아…….」

「알죠, 근데 한국에 돌아오니까 엄마가 맨날 힘들다고 하
는 거예요. 이해받기를 원하고, 위로받기를 원하고, 그러다
가 자기 마음대로 안 되면 화만 내고…… 나한테는 강해져야
한다고 해놓고, 이제와 저한테…….」

연우는 갑자기 북받친 듯 말을 잇지 못했다. 고개를 돌려
보니, 한 손으로 눈을 가리고 울고 있었다. 그동안 참아 왔던
설움이 한꺼번에 터져 나온 듯했다.

나는 한 손으로는 핸들을, 나머지 한 손으로는 연우의 손을
꼭 잡았다. 연우도 내 손을 꼭 잡아 주었다. 계속해서 눈물을

흘리던 연우는 아이파크몰에 도착할 때가 되어서야 겨우 진정하게 되었다. 이제는 연우에게 말할 때였다.

「사실 플라모델 사러 온 거야.」

우리는 아이파크몰에 있는 타미야와 건담 베이스를 둘러보았다. 의외로 다양한 연령대의 사람들이 있었지만, 역시나 대부분은 어린아이들이었다. 아이들은 무언가 홀린 듯, 휘둥그레진 눈으로 플라모델이 빼곡하게 채워진 선반을 바라보았다. 이따금 떼를 쓰거나 주저앉아 우는 아이들도 있었다. 연우는 부모님과 실랑이를 벌이는 아이를 지나, 록히드 마틴의 F-35A 전투기 플라모델을 집어 들었다. 무장과 정찰 기능을 고루 갖춘 다목적 스텔스 전투기였다. 매장을 나오며 슬쩍 뒤를 돌아봤는데, 퉁퉁 부은 얼굴로 플라모델 박스를 들고 있는 모습이 꼭 어린아이 같아 보였다. 그러니까 플라모델을 사 달라고 울며불며 떼를 쓰다가 겨우 원하는 것을 얻어 낸 아이의 표정이랄까.

그러나 아마 연우는 지금껏 그러고 싶어도 그럴 수 없었을 것이다. 누구나 한번쯤 울며불며 떼를 써볼 수 있는 시기를, 그 소중한 시기를 놓쳐 버렸다는 게 안타까웠다. 그리고 나는 누나가 미처 목격하지 못했던 그때의 한 순간을, 우연히 마주한 것 같았다. 눈이 퉁퉁 부어 있는 연우를 장난스럽게 놀려

폭음이 들려오면 서이제　　　159

주고 싶었다. 물론, 그러진 않았지만.

우리는 그곳에서 식사를 마치고 나와 차에 짐을 실었다. 이
대로 돌아가기 아쉬워, 소화시킬 겸 산책을 좀 하기로 했다.
날씨도 좋은 데다가, 이촌까지만 걸어가면 한강으로 빠지는
길이 있었다. 그런데 무슨 일인지, 한강에 가까워질수록 점점
사람들이 많아졌다. 어느 구간부터는 사람들과 마주쳐 몇 번
이고 몸을 피해야 할 정도였다. 가방이나 옷깃이 스치기도 했
다. 주말이라 그런가 하고 생각하는 찰나, 옆에 연우가 없다
는 사실을 알아차렸다. 뒤를 돌아보니, 사람들 사이에 치여
앞으로 나아가지 못하고 있었다. 연우는 저 멀리서 나를 보며
멋쩍게 웃고는, 인파를 뚫고 내게 왔다. 나는 재빨리 팔을 뻗
어 연우의 어깨를 감쌌다. 마치, 가까이 두어 보호하듯이. 그
리고 동시에 연우의 키가 이제 거의 나만큼 자랐다는 사실을
새삼 깨닫게 되었다. 그렇게 겨우 한강 변 산책로에 접어들었
을 때, 연우가 갑자기 진로 이야기를 꺼냈다.

「그래도 검정고시는 보려고요.」

「엄마 때문에?」

「아니요. 넋 놓고 사는 건 싫거든요.」

「그래, 좋은 생각이야.」

「그래도 영어는 할 수 있으니까, 우선은 이걸로 할 수 있는

일이 있겠죠? 근데 저는 뭔가 고치는 일을 하고 싶거든요. 자동차나 비행기 같은 거. 캐나다에 있을 때 혼자서 고장 난 난로를 고쳤는데, 정말 좋았어요. 제 손으로 그 애를 되살린 느낌이었거든요.」

나중에 뭐가 될지는 모르겠지만, 아무튼 연우의 미래에 대해서는 걱정하지 않아도 될 것 같았다. 그걸 누나에게도 꼭 전해 주고 싶었다.

「외삼촌은 하고 싶은 거 있어요?」

「차 바꾸는 거?」

「아니, 그런 거 말고요.」

「음, 나는 좀 다른 일을 하고 싶어.」

「그게 뭔데요?」

「그건 나도 잘 모르겠다.」

「사람은 누구나 할 수 있는 게 하나쯤은 있대요.」

「누가 그래?」

그때 어디에선가 갑자기 폭음이 들렸다. 그 소리에 놀라 몸이 저절로 움찔하는 순간, 어제 꿨던 꿈이 머릿속을 빠르게 스쳤다. 폭격인가 생각하는 찰나, 머리 위로 알록달록한 불꽃이 한꺼번에 터져 나왔다. 여의도 쪽이었다. 그제야 이맘때쯤 항상 불꽃 축제가 열렸다는 것을 기억해 냈다.

「우와, 불꽃놀이 실제로 처음 봐요.」

「처음이라고? 말도 안 돼.」

「진짜예요.」

우리는 그대로 멈춰서 하늘을 올려다보았다. 펑펑— 폭약이 터지는 소리에 매번 놀랐지만, 그래도 캄캄한 밤하늘에 수놓아지는 불꽃은 눈부시게 아름다웠다.

며칠 후, 나는 다시 이비인후과에 들러 약을 처방받았다. 그리고 그날 연우는 스스로 짐을 싸 집으로 돌아갔다. 연우가 떠나니 집이 이상하게도 휑했다. 오랜만에 혼자 밥을 먹는 것도 낯설게 느껴졌다. 집 안 곳곳에는 연우의 흔적이 남아 있었다. 미처 챙기지 못한 칫솔과 소파 밑에서 나온 라면 부스러기. 빨래 통에는 연우의 양말 한 짝도 있었다. 나는 건조대에 양말을 널며, 누나를 쏙 빼닮은 발 모양을 떠올렸다. 슬리퍼 위로 드러나 있던 길쭉한 엄지를 떠올리자, 같이 우산을 쓰고 국밥을 먹으러 갔던 날이 생각났다. 전쟁 기념관 호국 추모실에서 함께 묵념했던 일과 한강 변 산책로에 멈춰서 불꽃놀이를 봤던 게 생각났다. 연우가 던진 공이 내 글로브 안에 착 감겼던 게 생각났다. 그새 정이 들어 버린 걸 느꼈다.

이후 얼마 지나지 않아, 연우로부터 연락이 왔다. 사진 한

장을 보내왔는데, 새끼 손톱만 한 귀지였다. 그리고 아래 메
시지를 덧붙였다.

　　외삼촌, 이거 제 귀에서 나온 건데 미쳤죠? 저 귀지 빼서, 이
　　제 엄마 말도 잘 들어요.

　　시원하겠네! 다음에 양말 한 짝 찾으러 와.

　나는 답장을 보낸 후 베란다로 나갔다. 담배를 피우려다가,
공기가 좋아 그만두었다. 캄캄한 밤하늘 아래 불 켜진 건물들
이 보였다. 아주 평온하고 고요한 풍경이었다. 그리고 문득,
지금 이 시각에도 지구 반대편에서 전쟁이 치러지고 있다는
사실이 기이하게 느껴졌다. 멀리 있어 들리지 않는 소리조차
내 귀와 연결되어 있는 것 같았다. 만약 언젠가 저 먼 하늘에
서 폭음이 들려온다면, 폭탄이 아니라 불꽃이 터지는 소리이
기를 바랐다.

주체103
김일성종합대학출판사

아, 아, 제 말이 잘 들리십니까? 물론 잘 들리겠죠. 이렇게 또박또박 말하고 있으니까요. 제 입술을 통과하는 한 마디 한 마디의 공기 진동이 당신의 고막까지 잘 전달되고 있으리라 믿습니다. 작년 11월 18일 이후로 새삼 느끼는 건데, 사람이 말을 하고 대화를 나눈다는 건 참으로 경이로운 행위예요. 동물들도 울음소리로 소통을 하기는 하죠. 참새는 짹짹, 강아지는 멍멍, 고양이는 야옹야옹, 일본 고양이는 냐냐, 프랑스 고양이는 미아우미아우. 대왕고래 같은 경우는 188데시벨의 저주파 노래로 수백 킬로미터 떨어진 곳에서도 서로 소통할 수 있다고 해요. 인간에게 그런 능력이 없어서 다행이에요. 느긋하게 한강 변을 산책하는 중에 해운대나 설악산에서 누군가 내 뒷담화를 하는 소리가 들린다면 얼마나 피곤하겠어

요. 대체 대왕고래들은 수백 킬로미터 떨어진 거리에서 무슨 말을 주고받을까요? 〈이봐, 여기 오징어 떼가 잔뜩 있어.〉 〈어쩌라고. 자네나 실컷 먹게.〉 가만, 대왕고래가 오징어를 먹던가요? 다시 찾아봐야겠네요. 아무리 잡담이라도 정보 전달은 정확해야죠. ……그렇지. 오징어를 먹는 건 향유고래고 대왕고래의 주식은 크릴새우네요. 하루 4톤씩 먹는다니 콜레스테롤 걱정은 없겠군요. 저도 건강을 챙긴답시고 얼마 전까지 크릴오일을 먹었는데 제약 회사에 다니는 친구 경식이 말로는…… 이런, 또 삼천포로 빠졌네요. 혹시 가보셨나요? 재담꾼들이 자주 방문하는 삼천포가 실제로 존재했던 지명이라는 걸 모르는 분들이 많더라고요. 저 어릴 때만 해도 할머니와 부산에서 기차를 타고 진주로 가다 보면 중간에 삼천포로…… 아, 자꾸 이러면 안 되지. 이상한 사람으로 보이겠네요. 대왕고래는 왜 갑자기 튀어나와 가지고. 아무튼 그렇다는 거죠. 울음소리로 최소한의 생존 정보만 주고받는 동물들의 소통과 인간의 대화는 차원이 달라요. 예를 들어 조금 전 제가 던진 〈제 말이 잘 들리십니까?〉라는 질문에 당신의 머릿속에서 어떤 일이 벌어졌는지 간략하게 살펴볼까요? 먼저 고막에 도달한 공기의 진동이 달팽이관 안에 채워진 림프액을 진동시키면 유모 세포가 이 진동을 전기 신호로 바꾸어 뇌의 청각 피

질로 전달하고, 여기서 언어로 분류된 전기 신호는 다시 좌반구 측두엽에 있는 베르니케 영역으로 옮겨져 소리를 의미로 해석하는 작업이 이루어집니다. 그 전에 한국어라는 대용량 소프트웨어가 대뇌에 설치되어 있어야 하는 건 당연하고요. 질문이 파악되었으면 알맞은 답변을 준비해야겠죠. 〈예, 잘 들립니다, 왜 그런 질문을 하는 거죠?, 듣고 있으니 속히 본론이나 말하시오〉 같은. 이 과정에서 전두엽은 문장의 구조적 분석을 통해 언어 계획을 짜고, 측두엽은 단어의 의미와 기억을 처리하고, 두정엽은 문법적 이해를 담당하는 등 뇌 전반의 네트워크가 실시간으로 협업합니다. 이렇게 생성된 문장은 베르니케 영역과 궁상 신경 다발로 연결되어 있는 브로카 영역으로 전달되고, 이번에는 의미를 소리로 전환하는 브로카 영역이 입술과 혀, 성대, 안면 근육을 움직여 정확한 한국어 발음으로 내보내는 것이죠. 그뿐인가요? 보통의 대화는 〈제 말이 잘 들리십니까?〉라는 질문보다 훨씬 더 복잡하고 미묘하죠. 가슴에서 유입되는 기쁨, 슬픔, 짜증, 안타까움 등등의 감정 변수를 시시각각 반영해야 하고, 때론 고차원적인 추상적 사고나 예술적인 은유적 사유도 첨가해야 하고, 눈총을 안 받으려면 분위기에 맞는 어휘와 말투를 선택해야 하고, 연인이나 웬수 사이에서는 실제 언어보다 중요한 암시적 표현도

감안해야 하죠. 어때요, 전 찾아보는 내내 감탄을 금치 못했답니다. 이렇게 정교한 프로세스를 거쳐 저는 당신에게 말하고 있는 겁니다. 잘 들리죠? 저는 안 들려요. 예, 지금 이 말소리가 제게는 안 들립니다.

이비인후과를 방문할 때부터 귀의 문제는 아닐 거라고 짐작했어요. 내 말소리 외에 다른 소리는 다 정상적으로 들렸거든요. 그래도 혹시 모르죠. 인체의 신비는 때로 우리의 상상을 초월하잖아요. 멀쩡한 몸뚱이가 자연 발화로 타버리거나 사고로 머리를 다친 후 생판 모르던 외국어를 유창하게 구사하기도 하고, 유튜브에는 자전거를 씹어 먹고 방귀로 「아름답고 푸른 도나우」를 연주하는 기인들이 널려 있는데. 그러니 시끄러운 세상에 지친 달팽이관이 〈나 하나만이라도〉 하는 심정으로 스스로에게 묵언 수행을 강요하는 그런 희귀한 병증이 있지 않을까…… 그런 건 없다더군요. 두 명의 이비인후과 의사는 비슷한 각도로 고개를 갸웃거리며 청력에는 아무 이상이 없다고 했습니다. 친절한 첫 번째 의사는 자세한 설명을 덧붙여 주었어요. 내가 듣는 내 목소리는 입에서 나와 귀로 들어오는 소리와 내부에서 두개골의 울림에 의해 달팽이관에 전달되는 두 가지 소리가 합쳐진 것이다. 그래서 남이 듣는 내 목소리와 차이가 나는 것이며 저음이 섞인 전자의 목

소리가 더 근사하게 들리기 마련이다. 고로 상이한 메커니즘을 통해 들려오는 양방향의 소리가 동시에 사라지는 현상은 절대로 나타날 수 없다, 라는 것이죠. 스마트한 두 번째 의사는 이 불가능한 현상을 좀 더 간명하게 설명해 주었어요. 요즘 정신 건강 의학과 상담을 받는 건 큰 흠이 아니라고. 아니, 이 사람이 지금 누굴 미친놈 취급하는 거야! 라고 화를 내는 사람도 있겠지만, 저는 그렇게 감정적이고 충동적인 사람이 아닙니다. 통계와 인과 관계를 중시하는 신중한 경험주의자 쪽이죠. 제 생각에도 이건 멘털 케어가 필요한 문제로 보였어요. 현대인에게 스트레스는 만병의 근원이잖아요. 신경증을 초래할 정도의 스트레스 요인은 딱히 떠오르는 게 없었지만, 또 모르죠. 내 멘털이 내 생각보다 훨씬 더 체면을 중요시해서 자신의 문제를 나 자신에게조차 철저히 감추고 있는지도. 남몰래 속앓이하는 멘털이 걱정돼 큰맘 먹고 찾아간 정신 건강 의학과 의사는 이비인후과 의사들보다 조금 더 깊은 각도로 고개를 갸웃거렸습니다. 난생처음 보는 증상이라고. 나이가 꽤 지긋했기 때문에 〈난생처음〉을 경험 부족 탓으로 돌리고 싶지는 않았어요. 의사는 힘없는 목소리로 내 생활과 건강 상태에 대해 몇 가지 질문을 하더니 일단 좀 지켜보자고 했습니다. 플라세보 효과를 기대할 수 있는 위약조차 처방해 주지

않더군요. 난생처음 보는 증상을 접한 정신과 의사가 보일 법한 호기심과 열의를 찾아볼 수 없어 다소 실망스러웠습니다. 희귀한 증후군에 자신의 이름을 붙일 절호의 기회일지 모르는데 말이에요.

왜 이런 증상이 나타난 걸까? 전문가들의 도움을 받을 수 없으니 혼자 궁리해 보는 수밖에요. 가장 먼저 떠오른 것은 코로나 후유증이었습니다. 지난가을에 일주일 정도 코로나를 심하게 앓았거든요. 경식이한테 옮은 게 틀림없어요. 함께 곱창전골을 퍼먹으며 세 시간을 떠들고 헤어진 며칠 후에 코로나로 병가를 냈다고 하더라고요. 다음이 제 차례였고. 일생에 도움이 안 되는 녀석이에요. 코로나가 완치된 후에도 후각이 돌아오지 않는 사례가 많던데 경식이도 마찬가지였죠. 이참에 인생 경험의 폭을 넓히겠다며 삭힌 홍어, 취두부, 수르스트룀밍 같은 냄새 고약한 음식을 섭렵하더라고요. 참 긍정적인 녀석이에요. 옛날 옛날 어느 왕국에 전염병이 돌았습니다. 전염병 관련 자료를 찾다가 알게 된 사실인데, 중세 유럽에 흑사병이 퍼진 건 고양이 대학살 때문이라는 설이 있더군요. 내용인즉, 교황 그레고리 9세가 칙서에서 검은 고양이는 악마의 분신이라고 선포하는 바람에 많은 고양이가 학살을 당했고, 천적이 사라지자 쥐가 들끓게 되었고, 쥐벼룩이 옮기는

흑사병이 창궐했다는 이야기입니다. 몸이 검게 변하며 죽는 병을 퍼뜨린 검은 고양이들의 복수극이라니. 에드거 앨런 포 뺨치는 환상 괴담이네요. 어릴 때 학교 도서관에 있는 세계 명작선에서 포의 「검은 고양이」를 읽은 기억이 있어요. 친구들의 호들갑만큼 무섭지는 않았는데 역시 그 특유의 질척질척한 오싹함이 오래가더라고요. 침대에 누우면 벽 속에서 자꾸 고양이 울음소리가 들리는 바람에 한동안 잠을 제대로 못 잤다니까요. 병에 걸린 왕국의 백성들은 고열에 시달리며 몸을 제대로 가누지 못해 병석에 드러누웠죠. 눈이 침침해지고 환청에 시달리는 듯 종일 헛소리를 하다가 결국 숨을 거두었어요. 잠깐, 또 무슨 얘기를 하다가 검은 고양이가 난입한 거죠? 아, 그렇지. 내 증상이 코로나 후유증인가. 코로나로 청각을 잃었다는 사람은 못 봤는데, 구글에서 찾아보니 청각에도 영향을 미친다는 연구 결과가 꽤 있더라고요. 전반적인 청력이 저하되거나 이명이 생긴 사례들이라서 제 증상과는 차이가 있었지만, 그래도 모르죠. 신생 전염병이라 아직 밝혀지지 않은 게 많잖아요. 변이에 변이를 계속하는 병균이, 무턱대고 맞은 백신이 내 몸속에서 무슨 조화를 부릴지 어찌 알겠어요. 왕국의 이름난 의사들이 환자를 살피고 시신을 해부했지만 아무것도 밝혀내지 못했어요. 발병 원인이 무엇인지, 어떤 경

로로 전염되는지, 치료법은 무엇인지. 사방에서 시신을 태우는 불길로 왕국의 밤은 환하게 밝혀졌고, 낮에는 시커먼 연기가 해를 가려 왕국에 어둠을 드리웠습니다.

다행히 일상생활을 하는 데에는 큰 지장이 없습니다. 사람이 일일이 자기 말소리를 귀로 확인하며 말하는 게 아니잖아요. 평소처럼 직장 동료들과 담소를 나누고 식당에서 밥을 주문하고 전화로 고향의 부모님께 안부도 전하면서 똑같이 지내고 있어요. 하지만 역시 불편하네요. 불편하다기보다는 허전해요. 사용 빈도에 비해서 딱 와닿는 게 없었던 〈공허〉라는 단어의 느낌을 알 것도 같고. 나 혼자만 무성 영화를 찍고 있는 기분이랄까. 이러다가 내 몸까지 투명하게 사라지는 건 아닐까 쓸데없는 걱정도 들고, 후유…… 왕은 시름에 잠겨 한숨을 쉬었습니다. 왕궁에서도 많은 사람이 죽었고 그 와중에 사랑하는 막내 공주까지 잃었지만 슬픔에 잠겨 있을 겨를이 없었죠. 왕은 이웃 나라로, 멀리 떨어진 변방의 야만족 나라로, 엘프와 오크가 산다는 금단의 땅에까지 전령을 보내어 수소문했지만 이 같은 치명적인 전염병에 대해 아는 이가 없었습니다. 무성 영화라고 하니까 생각나는데, 어쩌면 이 모든 게 찰리 채플린의 저주인지도 모르겠어요. 증상이 생기기 며칠 전에 경식이와 막걸리를 마시며 무성 영화에 대한 토론을 하

다가 찰리 채플린과 버스터 키튼의 위대함을 두고 논쟁이 붙었거든요. 경식이는 드라마적 완성도와 희비극으로 시대를 관통하는 천재성을 들어 채플린에 한 표를, 저는 실험 정신과 영화 자체에 대한 순수한 열정을 높이 사 〈위대한 무표정〉 키튼의 손을 들어 주었죠. 솔직히 저도 평소에는 채플린의 근소한 비교 우위를 인정하는 편이었는데, 그날은 싫다는 나를 억지로 홍어집에 끌고 온 경식이에 대한 반발심으로 무게 추가 살짝 반대로 기울었죠. 술자리 논쟁이 늘 그렇듯 오기와 억지가 이성을 폭압하는 바람에 〈채플린은 유치 뽕짝이다!〉라는 유치한 망언까지 뱉었으니 무성 영화의 황제께서 저주를 내려 목소리를 지워 버렸대도 할 말은 없죠. 매일 백성들의 시신이 장작더미 위에 쌓이는데 아무것도 할 수 없다는 무력감에 왕은 괴로웠습니다. 자기 심장으로 치료 약을 만들 수 있다면 전장에서 수많은 적군의 목을 밴 검으로 당장 가슴을 가르고 싶은 심정이건만…… 그러던 어느 날, 멀리 북쪽 눈과 얼음의 땅으로 떠났던 전령이 흰 수염을 늘어뜨린 마법사를 데리고 돌아왔습니다. 경식이와는 대학 시절 팬터마임 동아리에서 만났죠. 그러고 보면 전 예전부터 조용한 세계를 동경했나 봐요. 소리 없이 몸짓과 표정만으로 이야기를 들려주는 팬터마임의 섬세한 매력에 푹 빠져들었죠. 동아리 축제에서 우

연히 팬터마임 공연을 본 후부터. 정확히 말하면 대장장이 조수 역할로 잠깐 등장하는 여학생과 눈이 마주친 후부터. 산골짝 눈밭 같은 해맑은 웃음과 사람을 빤히 쳐다보는 도발적인 눈빛, 「모던 타임스」의 히로인 파울레트 고다드를 꼭 닮은 그녀는…… 통계와 인과 관계를 중시하는 신중한 경험주의자도 첫눈에 사랑에 빠질 수 있다는 걸 알게 해주었답니다. 하지만 저는 끝내 고백하지 못하고 팬터마임 배우처럼 그녀 주위를 맴돌기만 했어요. 그녀에게는 이미 동아리 커플인 남자 친구가 있었거든요. 혹여나 두 사람이 갈라설까, 그 틈을 내가 비집고 들어갈 수 있을까, 서로에 대한 푸념을 들어 주는 겹친구로 계속 기회를 엿보았지만 둘은 팔짱을 끼고 휘청거리며 웨딩 홀까지 무사히 당도하더라고요. 순서의 문제는 아니었다고 위안을 삼지만, 이따금 후회도 들어요. 설마 그때 삼킨 고백이 속에서 곪고 곪아 목소리를 앗아 간 건 아니겠죠? 예? 혹시 그 남자 친구가 경식이냐고요? 오호, 상상력이 풍부하시네요.

왕은 마법사가 마뜩잖았습니다. 평소 백성들에게 미신이나 흑마술을 멀리하고 투명한 지혜를 따르도록 장려한 것이 바로 왕 자신이었거든요. 하지만 지금은 지푸라기라도 잡아야 하는 상황이었습니다. 전염병을 퇴치하지 못하면 왕국 자

체가 사라질 판이었으니까요. 마법사는 병사한 지 하룻밤이 지나지 않은 시신을 살펴보면 전염병의 원인을 알아낼 수 있다고 했습니다. 왕은 미심쩍은 표정으로 직접 마법사를 따라나섰죠. 일행은 왕궁을 벗어나자마자 들리는 여인의 구슬픈 울음소리를 따라가 허름한 농가 헛간에서 막 숨을 거둔 사내아이를 찾을 수 있었습니다. 마법사가 아이의 입을 억지로 벌려 물약을 붓고 몸에 오색 가루를 뿌리는 양을 왕은 뒤에서 팔짱을 낀 채 지켜보았죠. 이어 마법사가 두 팔을 벌리고 알아들을 수 없는 주문을 외자 놀라운 일이 벌어졌습니다. 분명숨이 끊어졌던 사내아이가 벌떡 몸을 일으키는 게 아닙니까. 그러게 사람은 때때로 자기 자신을 벗어나 볼 필요가 있다니까요. 나의 스펙트럼을 확인하기 위해서는 말이죠. 무성 영화와 팬터마임을 좋아하고 조용한 세계를 동경한다고 했지만, 정작 목소리를 잃고 나서 제게 나타난 가장 큰 변화가 뭔지 아세요? 말이 많아졌다는 거예요. 전에는 상대의 눈치를 살피며 이 말을 할까 말까 망설이는 경우가 많았는데 이젠 편하게 툭툭 던지고 보는 편이에요. 〈눈에 뵈는 게 없다〉의 청각버전이랄까. 내 귀에 들리는 내 말소리가 알게 모르게 브로카영역에 억압으로 작용하고 있었나 봐요. 게다가 목소리가 남자치고 하이 톤이라서 늘 신경이 쓰였는데 그런 부담 또한 사

라진 거죠. 첫 번째 의사의 설명에 따르면 그것도 제게는 톤다운된 소리였다니 상대방에게는 더욱 고음으로 들렸겠네요. 아, 당신은 지금 듣고 있군요. 어때요, 그렇게 거슬릴 정도는 아니죠? 말을 편하게 하다 보니 보이스 톤 자체가 차분하게 가라앉은 느낌이에요. 말 창고에 쌓아 두는 이월 상품이 없어서 그런지 가슴도 한결 가벼워진 것 같고. 다만 언제부턴가 말이 길어지면 이상한 기류가 감지될 때가 있어요. 상대방이 갑자기 뜨악한 표정으로 나를 쳐다보기도 하고, 별로 중요하지 않은 스몰토크를 하는데 귀를 쫑긋하고 경청해서 절 당황시키기도 하죠. 조용하던 사람이 갑자기 말문이 터진 게 아무래도 이상한가 봐요. 설마 제가 그 정교한 프로세스를 거쳐 의도하지도 않은 엉뚱한 말을 지껄이고 있는 건 아니겠죠, 하하. 왕은 아이가 병이 나아 되살아난 줄 알고 감격에 겨워 다가갔습니다. 하지만 무언가 이상했죠. 아이의 눈은 흰자위가 없이 온통 검게 번들거렸고 파리한 얼굴에는 여전히 혈색이 돌지 않았어요. 아이가 고개를 돌려 입을 열자 대장간에서 쇠줄을 꼬아 비트는 듯한 쇳소리가 쏟아져 나왔습니다. 짐승의 울부짖음 같은 낯선 언어에 마법사는 침착하게 대꾸했어요. 대화 내용은 알 수 없었지만 아이의 말투는 매우 위협적으로 들렸습니다. 말끝에 소름 끼치는 웃음을 터뜨리다가 아이는

줄이 끊어진 꼭두각시처럼 푹 쓰러졌죠. 마법사는 심각한 표정으로 왕을 돌아보더니 쪼그려 앉아 손가락으로 헛간의 흙바닥에 글을 썼어요.

이 전염병은 거미 마녀가 건 말의 저주입니다.

어쩌면 신종 직업병인지도 모르겠어요. 말했던가요? 제 직업은 빅 데이터 분석가입니다. 이제는 익숙한 용어이니 어떤 일을 하는 사람인지 대충 감이 잡히시죠? 맞습니다. 기업이나 정부의 의뢰를 받아 빅 데이터를 수집하고 정리하고 분석하여 유의미한 트렌드나 인사이트를 도출하는 일입니다. 쉽게 예시를 들자면 SNS에서 오가는 말들을 훑어서 앞으로 이 분야에서 이런저런 스타일이 먹힐 것 같으니 기획과 마케팅에 활용하시오, 하고 알려 주는 거죠. 지구상의 SNS에서 하루에 얼마나 많은 말이 쏟아지는지 상상이 되시나요? 모르긴 해도 우주에 떠 있는 별의 숫자와 비교해야 할 겁니다. 이런 빅 데이터를 다루다 보면 좀 섬뜩해요. 그걸로 벌어먹고 살면서 웬 엄살이냐고요? 그러게요. 처음에는 제 명령어 하나에 별처럼 많은 말이 헤쳐 모이는 광경이 재미있었죠. 초능력을 가진 슈퍼히어로가 된 것도 같고. 그런데 그 말 없는 말들을

계속 지켜보고 있노라니 점점 뒷골이 서늘해지더라고요. 유령들의 대규모 집회를 바위 뒤에서 훔쳐보는 것처럼. 클릭 한 번 잘못하면 전부 달려들어 나를 갈기갈기 뜯어 먹을 것도 같고. 종종 비슷한 패턴의 꿈을 꾸어요. 흑마, 백마, 얼룩말, 조랑말 등등 셀 수 없이 많은 말이 나를 둘러싸고 사람의 말을 웅성거리는 꿈이죠. 한국어인지 영어인지 독일어인지 뒤섞여 알아들을 수 없는 말소리들이 머리 위로 올라가 먹구름처럼 하나로 뭉쳐요. 그리고 비가 되어 내립니다. 소나기일 때도 있고, 따끔한 우박일 때고 있고, 때론 하얀 우유나 석유처럼 끈끈한 검은 액체가 쏟아질 때도 있어요. 그 비를 맞으며 저는 노래를 부릅니다. 어릴 적 자주 부르던 노래인데 무슨 노래인지 모르겠어요. 말들의 말소리에 파묻혀 내 노랫소리가 들리지 않거든요. 목이 터져라 고래고래 불러 보지만 입만 뻐끔거리는 것과 차이가 없어요. 음, 그게 예지몽이었나 보네요. 너는 곧 목소리를 잃을 것이라고 경고하는. 명색이 분석가라는 사람이 뭔 예지몽 타령이냐고요? 그러게요. 사실 AI를 동원한 텍스트 마이닝 과정을 거쳐 무수한 비정형 텍스트 데이터를 정제하는 일이나 수정 구슬을 들여다보는 일이나 목표는 동일해요. 더 많은 이익을 위해 미래를 예측하는 것. 쓰는 도구가 다를 뿐 우리는 현대의 마법사인 셈이죠.

「말의 저주라고?」

왕의 반문에 마법사는 쉿, 하고 손가락을 입에 댄 후 다시 바닥에 글을 썼습니다.

특정 단어에 저주를 걸어 누군가 그 단어를 말하는 순간 듣는 사람이 발병하는 겁니다.

왕은 움찔하며 입을 다물고 마법사 옆에 쪼그려 앉아 손가락으로 필담을 나누었어요.

거미 마녀가 왜 우리 왕국에 저주를 내렸단 말인가?

마녀의 검은 속내를 누가 알겠습니까. 오랜 원한 때문인지, 누군가의 사주를 받은 건지, 아니면 그저 심심풀이일 수도 있고.

그 저주란 건 어떻게 풀 수 있는가?

말의 저주는 일급 마법사도 사력을 다해야 부릴 수 있는 강력한 술법입니다. 한번 뱉은 말을 주워 담을 수 없는 것처럼 이

미 내려진 말의 저주는 되돌릴 수 없습니다. 거미 마녀 자신조차도요.

왕은 끄응, 하고 신음을 흘렸습니다.

그렇다면 그 단어를 말하지 않는 수밖에 없겠군. 저주에 걸린 단어를 알아낼 수 있는가?

알아낼 방법이 없습니다. 저주를 건 거미 마녀에게 직접 물어보는 수밖에.

거미 마녀는 어디에 있지?

북쪽 땅끝 얼음 동굴에 살고 있습니다.

제 직업에 불만이 있는 건 아닙니다. 일이라는 게 다 그렇잖아요. 좋은 면도 있고 나쁜 면도 있고 한데 퉁쳐서 이렁저렁 밀고 나가는 거죠. 빅 데이터 분석가라고 하면 그래도 현대 문명의 최전선을 달리는 직업 아닙니까. 우리는 고철처럼 버려지는 데이터를 황금으로 바꾸는 연금술사다, 라고 팀장

은 소매를 걷어붙이고 소맥을 말면서 늘 강조해요. 자부심을 가지라고. 그런데 쓰임새만 따지자면 황금보다 고철 쪽이 더 풍부하지 않나요? 솔직히 갈수록 모르겠습니다. 데이터를 분석해 개인의 삶의 질을 향상시키고 이를 기업의 매출 증대로 이끄는 우리 업무의 핵심이, 이 과정의 반복이 과연 우리 내면세계에 어떤 영향을 미칠까…… 왕국에는 전염병을 막기 위해 당분간 말을 하지 말라는 포고령이 내려졌습니다. 순식간에 왕국은 침묵에 휩싸였죠. 그나마 글을 배운 식자층은 필담으로 대신할 수 있었지만, 대다수의 백성들은 입을 실룩거리며 손짓발짓을 주고받다가 가슴을 두드리고 발을 구르기 일쑤였죠. 말 대신 멱살잡이나 주먹질이 오가는 일이 늘어 갔습니다. 답답한 마음을 술로 풀다가 떠버리가 되는 주정꾼들 때문에 연이어 금주령까지 내려야 했고, 세상을 원망하며 일부러 아무 말이나 지껄이고 다니는 부랑자들도 골칫거리였어요. 포고령을 어기는 자는 교수형에 처한다고 했지만 실제로 목이 매달린 경우는 많지 않았습니다. 병사들이 도착해 보면 주정꾼이나 부랑자는 이미 사람들에게 맞아 죽은 후였으니까요. 침묵에 휩싸인 왕국은 그 어느 때보다도 소란스럽고 흉흉했습니다. 왕은 신하들의 만류를 뿌리치고 직접 거미 마녀를 찾아가 담판을 짓기로 했어요. 한시라도 빨리 왕국을 구

전래되지 않은 동화　최제훈　　　183

하기 위해 몸이 날쌘 호위병 한 명만 거느리고 길을 나섰죠. 유튜브나 넷플릭스가 알고리즘이라는 근사한 단어로 나의 취향을 점점 몰아가는 것처럼 느끼신 적 없나요? 고작 클릭 몇 번 했을 뿐인데. 편리함의 대가로 내가 포기한 부분에 어떤 내가 있었을까? 너무 많은 말이 너무 빠르게 오가는 세상에서 오늘 수집하는 데이터는 이전에 수집한 데이터에 의해 만들어진 소비 생태계를 벗어날 수 없어요. 그렇게 나선을 그리며 좁혀지는 거죠. 드넓은 야생에서 국립 공원의 사파리로, 사파리에서 동물원으로, 닭장 같은 철제 우리로, 결국은 검은 고양이처럼 벽 속에 파묻히는 알고리즘은 아닌지. 대왕고래는 수백 킬로미터 떨어진 동료와도 소통한다는데…… 어쩌면 제 증상은 빅데이터의 저주인지도 몰라요. 한가운데 가상의 점을 향해 나선 위를 끝없이 걷게 만드는. 북쪽으로 올라갈수록 바람은 차가워지고 바람에 섞인 눈발이 왕의 망토와 수염을 허옇게 물들였습니다. 말이 내뿜는 콧김이 선명해질수록 얼음 땅을 딛는 발굽 소리는 느려졌죠. 왕은 안장 위에서 몸을 움츠리고 생각했어요. 이렇게 먼 얼음 땅에 사는 마녀가 왜 자신의 왕국에 저주를 걸었을까? 마녀가 저주를 건 단어가 무엇일까? 평소에 빈번히 사용하지만 모든 이가 매일같이 쓰지는 않는, 다행히 자신은 한 번도 듣지 못한 단어…… 마녀가 순순

히 알려 줄까? 거인의 주먹처럼 사방에서 날아드는 강풍을 맞으며 왕과 호위병은 한 발 한 발 힘겹게 북쪽으로 나아갔습니다. 채찍처럼 날카로운 눈갈기에 눈을 뜨고 있기조차 힘들었죠. 하지만 정작 견디기 힘든 건 밖에서 살을 에는 추위가 아니라 몸속에서 혈관을 타고 흐르는 시린 냉기였습니다. 어서 오라고, 마녀가 심장에 대고 속삭이는 것 같은. 탈진한 왕의 애마가 기어이 얼음 벌판에 쓰러졌을 때, 눈보라 사이로 입을 벌리고 있는 검은 동굴 입구가 보였습니다.

처음 이 증상이 나타난 건 작년 11월 18일이었어요. 날짜는 기억하는데 정확히 어느 시점에서 그렇게 된 것인지는 모르겠어요. 그날 저는 진주에 있는 법향사라는 절을 방문했죠. 불교 신자는 아니지만 할머니 위패를 모신 절이라서 1년에 한 번은 꼭 들르는 곳입니다. 고요한 산 중턱에 숨은 듯 파묻혀 있는 아담한 절이에요. 불상이고 탱화고 내세울 만한 자랑거리는 없는데 이름처럼 법당에 들어서면 향기가 참 좋습니다. 뒤틀렸지만 잘 손질된 마룻장과 연꽃 향로에서 피어오르는 연기와 누군가 불상 앞에 두고 간 꽃 내음이 오랜 세월 켜켜이 쌓인 향기 속에 가만히 앉아 있으면 마음이 너누룩해져요. 그날은 극락전에서 웬 젊은 스님이 혼자 목탁을 두드리며 염불을 하고 있더군요. 청명한 중저음 보이스에 비트와 그루

브가 좋아서 듣고 있노라니 몽롱한 트랜스 상태로 빠져드는 기분이었죠. 내 안에 박힌 말뚝이 뽑히며 어디론가 흘러가는 듯한. 무아(無我)의 경지가 이런 것인가? 왕은 검을 뽑아 들고 성큼성큼 동굴로 들어갔습니다. 만일의 사태에 대비해 호위병은 동굴 입구에서 기다리게 했죠. 희미하게 푸른빛을 내뿜는 얼음 동굴은 양의 창자처럼 구불구불 이어졌습니다. 깊이 들어갈수록 한기가 심해지고 벽과 천장에 붙은 거미줄이 앞을 가로막았죠. 끈적한 거미줄을 헤치며 얼마나 걸었을까, 저만치 앞쪽 바닥에 검은 그림자가 어렴풋이 보였습니다. 왕은 두 손에 힘을 주어 검을 움켜잡고 소리쳤어요.

「그대가 우리 왕국에 전염병을 퍼뜨린 거미 마녀인가?」

마녀인가— 마녀인가— 마녀인가—

왕의 쩌렁쩌렁한 목소리만 동굴에 메아리칠 뿐 그림자는 아무 반응이 없었죠. 왕이 검을 앞세운 채 다가가 보니 바닥에는 조그만 몸집의 노파가 웅크린 채 쓰러져 있었습니다. 지저분하게 엉긴 잿빛 머리털과 얼굴을 뒤덮은 쭈글쭈글한 주름, 윗입술까지 늘어진 매부리코, 콧등에 박힌 큼직한 사마귀, 삐뚤빼뚤한 누런 치아. 희푸른 얼음빛에 드러난 노파의 추한 생김새에 왕의 미간이 절로 찌푸려졌어요. 아니 생김새보다는 핏기라곤 찾아볼 수 없는 창백한 낯빛 때문이었을 겁

니다. 거미 마녀가 저주를 내린 채 숨을 거두었다면 그야말로 낭패였죠. 왕은 한쪽 무릎을 꿇고 앉아 마녀의 기색을 살폈어요. 다행히 힘없이 벌어진 입술 사이로 악취를 품은 숨결이 들락거리고 있었습니다.

「그대가 어떤 마음으로 우리 왕국에 재앙을 가져왔는지 모르겠지만, 이미 많은 백성이 목숨을 잃었고 지금도 고통받고 있다. 저주를 거둘 수 없다면 부디 저주를 건 단어가 무엇인지 그것만이라도 알려 다오.」

왕이 분노를 억누르고 정중히 부탁했지만 마녀는 아무런 기척이 없었습니다.

「대체 무엇 때문에 이러는 건가. 원한다면 왕궁의 금은보화를 전부 가져가도 좋다. 필요하다면 내 목숨까지 내놓을 테니 그 저주의 단어를 말해 다오.」

거듭되는 왕의 간절한 호소에도 마녀는 눈을 뜨지 않았습니다. 여린 숨소리가 금방이라도 끊어질 것만 같아 왕은 마음이 조급해졌어요.

「말하라! 저주의 단어를!」

단어를 — 단어를 — 단어를 —

동굴 벽에 텅텅 울리는 메아리가 잦아들 즈음, 마녀가 부스스 눈을 떴어요. 흰자위와 검은자위가 분간되지 않는 혼탁한

눈동자가 왕을 향했습니다. 마녀의 입술이 보일 듯 말 듯 달싹였지만 말소리는 들리지 않았어요. 왕은 허리를 숙여 마녀의 입에 귀를 가져다 대었죠. 마녀의 입에서는…… 전부터 영화나 드라마에서 스님의 염불 장면이 나올 때면 궁금했어요. 왜 불교는 저렇게 뜻도 알아먹을 수 없는 마법사 주문 같은 소리로 불경을 읊는 걸까? 기독교의 성경이나 찬송가처럼 누구나 이해할 수 있는 이야기로 들려주면 고객들, 아니 신자들의 접근성이 훨씬 좋아질 텐데. 한번은 술자리에서 손목에 벼락 맞은 대추나무 단주를 차고 있는 직장 동료에게 물어본 적이 있습니다. 자신의 가르침에도 집착하지 말라는 부처의 깊은 뜻 아니겠냐. 그냥 들리는 대로 흥얼거리면 돼, 라고 대답하며 히죽 웃더군요. 빅 데이터 분석가로서 만족할 만한 대답은 아니었지만 그렇게 생각하니 그게 또 염불의 매력이 아닌가 싶더라고요. 일일이 의미를 되새기는 부담에서 벗어나는 자체로 마음이 정화되는 듯한. 마법의 주문이란 게 원래 그렇잖아요. 아브라카다브라, 수리수리마하수리, 탑속에탑이있고탑속에탑이있고…… 마녀의 입에서는 말소리 대신 거미줄이 뿜어져 나와 왕의 몸을 휘감았습니다. 그와 동시에 마녀의 팔다리가 갈고리처럼 왕을 낚아채며 끌어안았죠. 왕은 마녀를 떨쳐 내려 했지만 이미 몸을 칭칭 동여맨 거미줄 때문에

불가능했습니다. 거미줄 속에서 마녀의 팔다리가 몸통을 조여 왔어요. 죽은 것처럼 늘어져 있던 몸 어디에서 이런 기운이 솟는 건지. 왕은 코앞에 있는 마녀의 얼굴을 보고 깜짝 놀랐습니다. 방금 전에 보았던 몰골보다 확연히 젊어져 있는 게 아닙니까. 피부가 당겨지며 주름살이 펴지고 그 위로 핏기가 돌기 시작하는 게 똑똑히 보였죠. 사마귀와 검버섯이 사라지고 눈은 생기를 띠며 흰자위와 검은자위가 선명해졌습니다. 마치 왕의 몸에서 양분을 빨아들이는 것처럼. 왕은 있는 힘껏 발버둥을 쳤지만 거미줄과 엉겨 붙은 마녀는 꼼짝도 하지 않았어요. 혈색과 함께 되살아나는 마녀의 표정은 기괴하기 짝이 없었죠. 위아래 입술과 두 뺨, 눈두덩이며 이맛살이 웃는 듯 우는 듯 제멋대로 불룩거렸습니다. 왕은 숨이 막혀 신음조차 나오지 않았어요. 이대로 있다가는 온몸의 뼈가 으스러지며 통째로 거미 마녀에게 흡수될 것 같았죠. 간신히 손을 놀려 검을 거꾸로 잡은 왕은 마녀의 등 뒤에서 왼쪽 가슴을 겨냥했습니다. 힘을 주어 당기면 단번에 마녀의 심장을 꿰뚫을 수 있었지만, 그렇게 되면 왕국의 백성들은 침묵과 혼돈 속에서 영원히 고통받아야 했죠. 망설이는 동안에도 마녀의 팔다리는 계속 왕을 죄어 와 의식이 희미해졌습니다.

「저주를 건 단어를…… 제발 말하라!」

말하라— 말하라— 말하라—

정신을 잃기 직전, 왕은 마지막 안간힘을 짜내어 검을 잡아당겼습니다. 마녀의 심장을 꿰뚫은 칼끝이 왕의 오른쪽 가슴에 박혔어요. 컥, 하는 외마디 신음과 함께 몸을 옥죄고 있던 거미줄과 팔다리가 스르르 풀려나갔습니다. 왕은 마녀를 뿌리치고 뒤로 쓰러져 숨을 몰아쉬었어요. 몸 전체가 화상을 입은 것처럼 쓰라렸고 오른쪽 가슴에서는 피가 솟구치고 있었습니다. 왕은 네발로 기어 거미 마녀에게 다가갔어요. 그런데…… 동굴 바닥에는 흉측한 마녀 대신 다갈색 곱슬머리의 아름다운 소녀가 피를 흘리며 쓰러져 있었습니다. 멍하니 소녀를 내려다보던 왕은 소리쳐 호위병을 불렀어요. 메아리를 따라 숨을 헐떡이며 달려온 호위병에게 왕은 나직이 말했죠.

「즉시 왕국으로 돌아가서 전하라. 저주에 걸린 단어는……〈사랑〉이라고.」

그날 저는 법당 구석에 앉아 스님의 염불을 한 박자 뒤처져 입속말로 따라하고 있었죠. 처음에는 그 미지의 가르침을 웅얼대는 내 목소리가 틀림없이 귀에 들렸습니다. 분명 들렸던 것 같아요. 아마도 들렸겠죠. 입속의 웅얼거림이 사라지고 스님의 낭랑한 음성만 목탁 반주에 실려 온 게 언제부터인지 모르겠어요. 그때만 해도 별다른 생각은 들지 않았죠. 그냥 요

상한 발음을 따라가기 힘드니까 나도 모르게 입만 뻥긋거리고 있구나. 예불을 마친 스님이 법당을 떠날 때 전 일어서서 합장하며 물었습니다. 스님, 조금 전에 독송하신 경전이 무엇인가요? 전두엽과 측두엽과 두정엽을 포함한 뇌 전반의 네트워크가 협업하여 만든 문장을 브로카 영역이 입술과 혀, 성대, 안면 근육을 움직여 정확한 한국어 발음으로 내보냈는데…… 말소리가 안 나왔어요. 계속 입만 뻥긋거리다 보니 소리 내는 걸 까먹었나 보다, 하고 되물으려는데 스님이 염화미소와 함께 대답했습니다. 금강경입니다. 왕은 자신을 부축해 끌고 나가려는 호위병을 뿌리치고 소녀와 얼음 동굴에 남았습니다. 멀리서 울리는 말발굽 소리를 들으며 왕은 오래전의 기억을 떠올렸어요. 막 소년티를 벗은 애송이 왕자였던 시절, 저잣거리의 어둑한 대장간을 구경하던 기억을. 모루에서 사방으로 튀는 불꽃을 넋 놓고 바라보다가, 그 뒤에 쇠 집게를 들고 선 소녀와 눈이 마주친 순간을. 그녀의 해맑은 웃음과 빤히 쳐다보는 도발적인 눈빛을, 언덕에 나란히 앉아 올려다보던 밤하늘 은하수를, 그녀의 귀에 영원한 사랑을 속삭일 때 또렷이 느껴지던 심장 박동을. 하지만 계속된 전쟁으로 위기에 처한 왕국을 구하기 위해 선왕은 동맹국과의 정략결혼을 받아들여야 했어요. 왕자는 눈물을 삼키고 소녀에게 짐짓 매정하게 이

별을 고했습니다. 소녀는 입술을 깨물며 돌아섰고 이후 왕국
에서는 아무도 그녀를 보지 못했죠. 그리고 많은 시간이 흘렀
습니다. 대장간이 얼음 동굴이 되기까지, 밤하늘 은하수가 거
미줄이 되기까지, 사랑이 저주가 되기까지…… 왕은 오래전
그날, 모루에서 사방으로 튀던 불꽃을 떠올리며 비로소 눈물
을 흘렸습니다.

그대여…….

왕은 말없이 소녀를 품에 안았어요. 하나의 검에 꿰뚫린 두
개의 상처가 입맞춤하듯 포개지며 가슴에서 흐르는 피가 서
로의 상처에 스며들었습니다. 휴, 언제나 내 목소리를 다시
들을 수 있을까요? 설마 평생토록 무성 영화의 주인공으로
살아야 하는 건 아니겠죠? 모르겠네요. 원인이 무엇이건 하
루빨리 정상으로 돌아왔으면 좋겠어요. 내가 하는 말을 나만
못 든다니, 너무 웃기잖아요. 동화 속에나 나오는 얘기 같
아요. 옛날 옛날 어느 마을에 자기 목소리를 듣지 못하는 아
이가 살았습니다. 얘기했던가요? 어릴 적 제 꿈은 동화 작가
였어요. 꿈을 이루기 위해 책을 많이 읽고 고사리손으로 노트
에 습작을 하고 그랬던 건 아니고, 동화를 쓰면서 사는 것도
재미있지 않을까 이따금 생각하는 정도였어요. 철들고부터
흐지부지 사라진 그 꿈은 아마 할머니의 유산이었을 겁니다.

부모님이 열심히 맞벌이를 하시느라 초등학교 입학 전까지 할머니가 저를 키워 주셨죠. 여느 할머니들처럼 인자하고 너그러운, 그런 분은 아니었어요. 잔정이 없고 무뚝뚝하신 성격이라 손자를 눈에 넣으면 끔찍이 아파하셨을 거예요. 저 역시 할머니를 외동딸의 투정을 뿌리치지 못해 애물단지를 떠안은 무심한 유모 정도로 여겼고요. 그런데 우리 할머니가 옛날 이야기 솜씨 하나는 기가 막혔죠. 마침내 왕국에는 전염병이 사라지고 백성들은 일상으로 돌아갈 수 있었습니다. 대신 〈사랑〉도 사라졌죠. 연인들은 달콤한 사랑의 밀어를 속삭일 수 없었고, 음유 시인들도 더 이상 사랑을 찬미하지 않았고, 자식이 아무리 사랑스러워도 말로는 표현할 수 없었어요. 책에 쓰인 〈사랑〉은 모두 검은 잉크로 가려졌고, 결혼식은 장례식처럼 엄숙하게 치러졌으며, 소문을 들은 유랑 극단은 왕국을 멀리 돌아가야 했고, 병에 걸려 죽은 사람에게 〈사랑〉을 전한 이들은 뉘우칠 게 없는 회한으로 고통스러워했죠. 그렇게 시간은 흘러갔고 왕국의 백성들은 〈사랑〉이 없는 삶에 적응해 갔습니다. 저를 재우려 등에 둘러업고 포대기 끈을 꽉 묶고 나면 이야기가 시작되었죠. 손주에게 옛날이야기를 해 주는 할머니야 많을 테지만 우리 할머니가 독특했던 점은, 기존에 알려진 전래 동화가 아닌 순수 창작 동화를 들려주셨다

는 거예요. 제 생각으로는 그때그때 즉흥적으로 첫머리를 던져 놓고 프리스타일 랩을 하듯 이어 나가셨던 것 같아요. 손자 맞춤형으로. 예를 들어 그날 제가 당근을 먹기 싫다고 투정을 부렸다면, 옛날 옛날 어느 마을에 당근을 좋아하는 아이가 있었단다. 당근을 얼마나 좋아하는지 아이는 짬 날 때마다 당근 밭에 가서 당근들과 얘기를 나누며 놀았지. 그러던 어느 날, 유독 얼굴이 시뻘건 당근 하나가 아이에게…… 안정된 플롯이 없다 보니 이야기는 박진감이 넘쳤고, 반강제로 받아들여야 하는 권선징악의 교훈에서 자유로웠으며, 오락가락하는 캐릭터 때문에 인간의 다면성에 대해 숙고할 수밖에 없었죠. 이야기는 여기를 기웃거리고 저기를 싸다니며 배뚝배뚝 잘도 흘러갔어요. 기어코 버티다가 잠이 들었기 때문에 언제나 결말을 들을 수는 없었지만. 어차피 제가 잠들기 전까지는 결말이 나지 않는 이야기였죠. 하긴 결말이 뭐 중요한가요? 은하수 같은 할머니의 이야기에 종이배 한 척 띄워 놓고 흘러가다 보면 온 우주를 구경할 수 있는데. 시간이 흐르며 왕국에는 작은 변화가 생겼습니다. 〈사랑〉이라는 단어가 사라졌다고 마음속 사랑마저 사라진 건 아니었기에 사람들은 자신의 사랑을 다른 방식으로 표현할 수밖에 없었죠. 작은 배려로, 세심한 관심으로, 살뜰한 보살핌으로, 따뜻한 눈길로, 정다운

미소로, 넉넉한 포옹으로, 애틋한 눈물로, 말 없는 희생으로, 너그러운 이해로, 무조건적인 지지로, 웅숭깊은 용서로, 함께 꾸는 꿈으로…… 그렇게 거미 마녀의 저주에 걸려 〈사랑〉이 사라진 왕국에는 오래오래 사랑이 넘쳐흘렀습니다. 그런데 당신 표정이 이상하네요. 왜 또 그런 표정을 짓고 있는 거죠? 설마 제가 지금 엉뚱한 소리를 하고 있나요?

듣다

발행일 2025년 11월 15일 초판 1쇄

지은이 김엄지, 김혜진, 백온유, 서이제, 최제훈
발행인 홍예빈
발행처 주식회사 열린책들

경기도 파주시 문발로 253 파주출판도시
전화 031-955-4000 팩스 031-955-4004
홈페이지 www.openbooks.co.kr 이메일 literature@openbooks.co.kr

Copyright (C) 김엄지, 김혜진, 백온유, 서이제, 최제훈, 2025, *Printed in Korea.*
ISBN 978-89-329-2540-0 04810
ISBN 978-89-329-2536-3 (세트)